抬望航天梦

俯刻匠人心

“大国工匠人物传”丛书

徐立平

砺刀锋问苍穹的火药雕刻师

赵韦◎著

中国工人出版社

国之大者，工匠先行

——“大国工匠人物传”丛书总序

在中华全国总工会成立100周年之际，全国总工会宣传教育部、中国报告文学学会、中国工人出版社联合开展了“文艺工作者走基层”活动，推出“大国工匠人物传”丛书，向全国总工会献礼，向广大劳动者致敬！

“知者创物，巧者述之守之，世谓之工。百工之事，皆圣人之作也。”这是中国所见年代最早的关于手工业技术文献《考工记》中对工匠的记载。“工”之责在于造物，“匠”者为能工鼎识者也。

幼时，老家云南昆明大板桥的老街上，从南头到北头，都是大大小小的手艺人，木匠、石匠、焗匠、骟匠、竹篾匠、鞋匠、箍桶匠……空气中飘荡着木匠的刨花香和石匠敲打出来的粉尘，充满着焗匠手中皮带的“吱扭扭”声、骟匠刀下小猪猡的闷哼、箍桶匠皮锤不轻不重的敲击声。老街上的竹篾匠是我的一个表姨夫，他来自四川，有着一手出神入化的编造竹篾手艺。粗壮的毛竹是表姨夫手中的“百万雄兵”，在一把锋利无比的刀的指挥下，被劈成厚薄、粗细不一的篾。表姨夫的本领仅次于撒豆成兵的天神，他能化篾成物，一般家里能见到、用到的器物，他都能用竹篾编出来。母亲曾命我在老街上买一个暖水瓶的内胆，然后去表姨夫的摊位上，坐等他为暖水瓶胆编制一件竹制的外壳。那个暖水瓶至今还在我家老屋的一个角落里。竹篾壳早已被岁月包了浆，虽然久不使用，却依然油润、红亮。这便是我幼时对匠人的记忆。

五千多年的中华历史长河中，涌现出了无数能工巧匠，他们或如明月光照，或如星河璀璨。一代代薪火相传的工匠精神，不仅成就了那些流芳百世的绝世建筑与器物，更是烛照我们通向文明现代化进程的精神之光，是我们文化的自信心、民族的根与魂。

从“嫦娥”探月到“祝融”探火，从“北斗”组网到“蛟龙”深潜，从港珠澳大桥横跨三地到大兴国际机场凤凰腾飞……这些挺起中华民族脊梁的大国重器、世纪工程背后，无不凝聚着万千工匠的心血和汗水，映照着工匠们孜孜以求、拼搏奋进的身影。

本套丛书收录的是全国总工会历年评选出的大国工匠

的人物传记。他们当中有焊接高铁的“工人院士”李万君、打破国外高端设备维修垄断的王树军、让中国锻件立于世界之巅的刘伯鸣、“人刀合一”的顶级钳工李凯军、在高空“穿针引线”的竺士杰、油田里的创新能手刘丽、了不起的“钢铁裁缝”艾爱国、数控机床上的“雕刻师”孟维、让三星堆文物“活”起来的郭汉中……他们有的是传统加工业的锻造者，为了突破技术瓶颈精益求精；有的是新兴制造业的探路者，为了实现精密制造巧思妙想；有的是军工行业的铸剑者，为了打造国之重器默默坚守；有的是民间手工艺的守护者，为了传承非遗文化精雕细琢……他们奋战在国防军工、装备制造、传统工艺等行业的第一线，以久久为功的钻研和创新，造就了一个个传奇。

这些杰出的工匠，尽管行业不同、岗位不一，成长经历各异，但他们都有着爱党爱国、敬业奉献、创新争先的优秀品质。他们耐得住清贫与寂寞，用灵巧的双手和精湛的技艺，数十年如一日地在平凡的岗位上雕琢自己心中的梦想，以实际行动诠释着“执着专注、精益求精、一丝不苟、追求卓越”的工匠精神。“天下大事，必作于细。”工匠精神既是中华民族技艺世代传承的价值理念，又是中国开启新征程，从制造业大国迈向制造业强国的时代需要。

“大国工匠是我们中华民族大厦的基石、栋梁。”2024年3月5日，习近平总书记参加十四届全国人大二次会议江苏代表团审议时强调“树立工匠精神”，指出“没有金刚钻，揽不了瓷器活”，要“把第一线的大国工匠一批一批培养出来”。党的十八大以来，习近平总书记对建设高素质劳动大军高度重视，强调“当代工人不仅要有力量，还要有智慧、有技术，能发明、会创新，以实际行动奏响时代主旋律”，深刻阐述工匠精神“执着专注、精益求精、一丝不苟、追求卓越”的内涵要义，号召全社会弘扬工匠精神，“为全面建设社会主义现代化国家、实现中华民族伟大复兴的中国梦提供有力人才和技能支撑”。

“匠心聚，百业兴。”无论是传统产业，还是新兴产业、未来产业，大国工匠在发展新质生产力的历史进程中不可或缺。随着经济发展方式转型和产业结构升级，中国要实现由制造大国向制造强国的转变，实现由中国制造向中国创造的跨越，离不开广大劳动者的创新和创造，更离不开对工匠精神的继承和发扬，于是呼唤更多大国工匠成为时代强音。

文艺是时代进步的号角，最能代表一个时代的风貌，最能引领一个时代的风气。中国报告文学学会、中国工人出版社联袂推出“大国工匠人物传”丛书，以图书的形式为大国工匠树碑立传，让他们的故事和精神具有更广泛的交流传播价值和长久的史料价值。本套丛书的写作者奔赴大国工匠生活的城市，深入大国工匠工作的厂区、车间、工作室，获取了全面细致的第一手材料，最终将大国工匠的成长、成才故事呈现在读者面前。

“大国工匠人物传”丛书讲述的是个人奋斗史，也描绘出大国工匠的群体形象。可以说，这套丛书是目前国内系统研究众多大国工匠人生轨迹的权威读本，既有对每位大国工匠的整体介绍和事迹梳理，又有具体的事件、案例，全面、生动地展示了大国工匠各个人生时期的工作和生活状态。

新时代是奋斗者的时代，中国式现代化建设新征程这一宏伟事业为广大工匠技能人才成就梦想提供了广阔舞台。每位劳动者都是主角，都可以成为工匠精神的践行者。大国工匠是新时代的最美奋斗者，更是和平年代当之无愧的英雄。

国之大者，工匠先行，向着中华民族伟大复兴的目标砥砺奋进，行稳致远。

是以为序。

目　录

引子

他是顶尖刀客，游刃随心，锋刃所过处，却不曾沾过鲜血。

他是伏火大师，万钧火药，烈焰可销金，却被他控于股掌。

他是绝世隐者，身负要务，埋名数十载，却忽然天下皆知。

他是护国卫士，执刃赴火，有功于社稷，却只是一介布衣。

他不是武侠片里的独行刀客，也不是传说中的武林高手。他叫徐立平，一位普通却又特殊的技术工人。

他手中的利刃，专门切削修整火箭发动机里的“火药”，以确保火箭的飞行轨迹和精准射程。执刀30余年，他用雪亮的刀锋，将漫长而平凡的日子刻画成了不凡的岁月。

他当选过“感动中国十大人物”，获得过“大国工匠年度人物”称号，被中宣部授予“时代楷模”光荣称号。

新中国成立70年周年之际，他又获得一项至高荣誉——“最美奋斗者”称号。这一称号，是表彰新中国成立70年来，社会主义建设、改革的各个历史时期，各地区各行业的先进模范。

一个普普通通的工人，何以获得如此众多的高规格荣誉？他的人生有着怎样与众不同的经历，又有着怎样的奋斗故事？

第一章 为火箭整形的最美奋斗者

2020年“五一”小长假过后的第一天，晚上8点，那间隐秘于西安市东郊一片山坡中的工房里，灯光明亮。徐立平站在巨大的固体火箭发动机壳体旁，小心地将一些青灰色的碎片残渣轻轻地装入特制容器中，身旁的搭档轻轻地端起容器，小心地将其转移到废料储藏间。

两人并不说话，却配合默契。他们已经在此连续工作了12个小时。事实上，刚刚过去的“五一”假期，他们也都在这间工房里加班工作，过的是名副其实的“劳动节”。

两人已经完成了当天的工作任务，正在对发动机内的残留物进行清理。他们的一举一动都小心翼翼，是因为那些刚从发动机燃烧室药面切削下的多余推进剂极易燃烧。任何一个动作失误，摩擦出一颗小小的静电火花，都可能将那些碎片残渣引燃。如果其中的一颗火星飞溅到发动机内，里面的几千公斤推进剂都会被引燃，并在几十秒钟内全部烧光，释放出的巨大能量和热量会掀翻整座厂房，并将其变成一片废墟。

在这座工房里工作，容不得半点马虎。

将废料清理安置完毕，徐立平和搭档又将发动机从工位缓缓地吊运到指定的产品安放位置，紧固在基座上，然后收拾工具、刀具，准备下班。隔壁的几个操作间内，其他的同事也在进行着同样的收尾工作。

徐立平所在的工房，是中国航天科技集团第四研究院装药车间。这里是中国最大的固体发动机装药总装生产厂，每一台发动机，都要经过徐立平和他的同事们进行药面整形后，才能送到总装车间进行总装，成为可以交付使用的合格产品。

车间内有多个工房，每间工房的空间都很宽敞，却只设了一个整形工位，每次只能放置一台发动机。这是为了

徐立平在进行整形操作

确保安全，每一台整形完毕的发动机，都会立即被转运至其他地方安置。

从那些发动机产品应用的领域，便能窥见徐立平和他的同事们工作的重要性——有的发动机，专用于载人火箭逃逸塔上，守护中国航天员的生命安全；有的则应用于最新型的固体运载火箭上，可以用于时下最热门的商业航天快速发射。而更多的型号用于维护国家安全——这是让徐立平和他的同事们非常自豪的事情，因为自己的工作与国家荣誉、国家利益和国家安全紧密相连。

但他们也因为从事着这样的工作，必须隐藏自己的身份，默默无闻地度过这一生。因为固体火箭发动机制造技术是世界级高科技，直至目前，全球也只有少数国家能够自行研制，并且其制造技术都被列为国家机密。

看到“世界级高科技”这个词，一定会有很多人觉得固体火箭发动机必然一种是结构极为复杂的机构，工作原理也会让人眼花缭乱，看都看不懂。但实际上，为了适应机动发射的需要，固体火箭发动机的基本原理跟我们春节燃放的“窜天猴”花炮原理一样，中国人早在一千多年前的宋代就已经掌握并投入应用了。

但原理相同并不意味着技术难度相当，固体火箭发动机以及固体推进剂的研制生产，涉及各种金属、非金属材料应用技术、加工技术等诸多“世界级高科技”。

制造出一台精密的固体火箭发动机则更为复杂——

发动机壳体必须使用特种钢材、复合纤维、碳纤维等重量轻、强度高的特种材料。将这些高强度材料制作成壳体，需要各种专用设备。而上述材料和加工设备都是高科技的产物。

造出壳体后，要在内壁涂覆隔热材料。这种隔热材料是特殊技术制成的橡胶，能够经受3000摄氏度高温的燃烧，而且导热极慢，可以保护发动机壳体不被烧蚀。隔热材料的制作和涂覆技术都是高科技。

涂覆隔热层后，便在壳体内安装芯孔模具，以便向发

徐立平（左二）在两会期间接受小记者采访后签名

动机内浇注复合推进剂（即固体燃料）。安装的模具可以让发动机内形成一个特定形状的贯通芯孔，推进剂的燃烧方向会按照芯孔的形状推进，产生设计需要的燃气量。

随后便进入推进剂浇注环节，也就是给发动机里添加燃料，这种燃料的学名叫作“固体复合推进剂”。目前世界上最先进的固体火箭，都采用此类推进剂作为专用燃料。

徐立平（右）在全国两会上发言

需要说明的是，固体火箭发动机的核心技术就是复合推进剂。这种高能物质采用多种易燃易爆高能化学原料混合而成，设计人员通过各种原料比例的变化，调整推进剂的能量大小、燃速快慢、敏感度高低。这些都是秘而不宣的高科技。

推进剂被调制成黏稠的糊状物，为的是便于浇注进带模具的壳体内，浇注工艺也是极难的技术，因为推进剂内不能存有气泡，否则就会影响燃烧状态。

完成浇注后，发动机会被送入特制的烘干设备中，因为那些糊状的推进剂必须被固化成与壳体紧密结合的固体药柱。“固体火箭发动机”的称谓，就是因推进剂为固体状态而得名。根据发动机的大小不同，要选择不同的烘干设备，有的是巨型的烘干箱，有的干脆就是一整座房子。无论是箱子还是房子，都必须保证内部的每一个位置点都是相同的恒定温度。

待推进剂固化后，取出壳体内的模具，就要对推进剂药柱进行端面整形处理，这便是徐立平他们的工作任务了。“端面整形”是固体发动机制造过程中必不可少的工序，要用特制的刀具或机床，将浇注药柱时留下的多余推进剂切除掉，并将其表面修整到设计要求的形状和尺寸标准。

完成这些工序后，发动机才能送进总装车间，安装点火装置、喷管等部件，检验合格后封装出厂。

徐立平从事端面整形工作已经 30 余年，他觉得最近这几年是他职业生涯中最忙的时候，各种型号的发动机生产任务越来越多，并且都是不能延误的急活儿。于是，加班成了常态，几乎所有的双休日和节假日他都在工作。即便是新冠疫情肆虐，全国各地、各行业停工防控的时候，他们也是照常从大年初七就开始加班。

工位上那些等待整形的发动机，都是航天发射任务、国防建设任务急需的产品，根本不能停工延误。他们只能选择在疫情期间就开始工作，“五一”期间也不休息，每天工作时间都会超过 8 小时，就像此时，他已经工作了十多个小时。

徐立平和搭档走出操作间，穿过一条十几米长的走廊，来到工房大门口，门廊旁有一间小屋，这是以徐立平名字命名的大师工作室，也是他所在班组集会议室、休息室、更衣室功能于一体的工前准备间。

两人跨步迈进去，都不说话，抓起桌上各自的水杯，仰头将满杯的凉开水一饮而尽。每次完成一项整形工作回到准备间，他们都要这样大口地补充水分，因为操作间内不准带入包括水杯在内的任何私人物品，所以在工作期间，他们没有喝水的机会。

沙沙细雨打在工作室的玻璃窗上，窗外已是夜色茫茫。连续数小时的工作，让徐立平略感疲惫，他斜靠在椅背上稍作休息，身上那套宝石蓝色的工作服，还带着固体推进剂特有的化学品味道。在这里，宝石蓝不叫宝石蓝，而被

徐立平在传达两会精神

称为“航天蓝”，因为中国航天的图案和文字标志采用的就是这种标准色。

准备间墙壁上挂着的几块展板上，有徐立平获得“最美奋斗者”“时代楷模”“大国工匠”“感动中国十大人物”等称号时，手捧鲜花、高举奖杯的现场照片。无论是在人民大会堂的颁奖礼上，还是在中央电视台的演播大厅里，徐立平都穿着那套左胸前绣着一面鲜红国旗的、右胸上印着白色航天标志和“航天四院 7416 厂”字样的航天蓝工作服，这已经成为他展现在公众面前的标志性形象。

后来，徐立平的这一形象被展现在公众面前。西安一条地铁线路中设立了一趟“西安榜样号”专列，车厢内张贴着榜样人物的大幅肖像招贴画，徐立平便是其中之一。招贴画上，他依然穿着那套航天蓝工作服。

“我得赶快回家了，还得加班写议案呢。”徐立平跟搭档说着话，起身换掉工作服。他是 2018 年 1 月当选的全国人大代表，十几天后，十三届全国人大三次会议将在北京召开，他必须在赴京参会前将议案准备好，这是人大代表的重要职责之一。

徐立平在“大国工匠年度人物”颁奖现场

第二章 塞外出生的『航天二代』

徐立平的性格有些内向，脸上的表情也很少有变化，就连说话时也是语调平缓，仿佛每个字都是经过一番思考后才说出口的。从举手投足间就能看出，他是个做事认真稳重的人。也许，这与他从事的工作有关，每天跟易燃易爆的推进剂打交道，性格必须沉稳下来，不能带一丝的火气。

一个人的性格特点、行为方式和价值取向，会受其生活经历、生存环境、家庭背景、文化教育和身边人群的巨大影响。对徐立平而言，影响他性格、行为和价值取向的环境，就是航天四院的这个大院，以及大院里的人和事。

徐立平的父母都是航天四院的职工。他出生在这个大院中，从小学到高中，再到参加工作，直至今日，都在这个大院中生活。人生中获取知识、学习技能、工作、生活的所有过程，都在这个大院里完成。那种独特的“大院气质”已经深深融入他的血脉中，航天四院的大院就是他的“故乡”。

事实上，被徐立平视为故乡的航天四院大院，并不是一个固定的地理概念，几十年间，这个大院一直在不断地搬迁。

航天四院的前身是一个仅有 3 名成员的固体推进剂研制小组，隶属于 1956 年 10 月成立的国防部第五研究院。办公地址位于北京市丰台区云冈镇一个被称为“东山沟”的地方。此后仅用 6 年时间，它便迅速从研制小组发展为研究室、研究所，直至成为中国第一个固体火箭发动机专业研究院——国防部五院四分院。其间，驻扎地也从北京搬到西安，再搬到了四川泸州。

1965 年，国防部五院脱离部队建制，四分院所属人员集体转业，划归新成立的“七机部”，改称第四研究院，同时也将驻地搬迁到了内蒙古自治区呼和浩特市郊区。1975年前后，四院各单位又陆续迁往陕西秦岭山区。1996年，又搬到西安市东郊的洪庆山脚下。如此频繁地搬迁，也让航天四院在业内获得了“搬家院”的绰号。不过，航天四院却在不断搬迁中发展成为国内最大、技术最先进的固体火箭发动机研制生产基地，拥有一万多名职工，那都是徐立平的“父老乡亲”。

徐立平的母亲温荣书1964年进入航天四院工作，当时航天四院驻扎在泸州郊区，在当地招收了一批工人，她便是其中之一。经过严格的入职培训，温荣书被分配到发动机装药车间，负责原材料的烘干和推进剂固化后的硬度测试工作。一年后，她随单位离开家乡，搬迁到呼和浩特郊区的新厂区，调入装药车间流变组，从事推进剂生产过程中的性能测试及数据上报工作。

1966年，徐立平的父亲徐桂林从部队转业来到航天四院。他是江苏溧阳人，此前在中国第一支防空导弹部队服役，就是曾用地对空导弹击落多架美制RB-57D和U-2高空侦察机的鼎鼎大名的543部队。

服役期间，徐桂林是一名驾驶员，主要负责雷达车的

家人合影（二排右一为徐立平）

驾驶任务。但部队为保证在战时伤亡减员的情况下仍然保持战斗力，要求每位战士必须具备三项操作技能。徐桂林便由此熟练掌握了电工技术和吊车操控技术，能够在战时紧急情况下，承担发电车电路检修以及导弹吊运的任务。因为拥有这几项过硬的技术，从部队转业时，他被分配到航天四院，成为物资部车队大车班的司机，负责火箭发动机的转运等工作。

徐桂林到航天四院工作不久，就经人介绍与温荣书相识，一年后，经组织批准，两人领了结婚证。那年，航天四院大院里结婚的人特别多，这是有特殊原因的。

1965 年以前，大院里虽然大都是参加工作时间不长的青年男女，但没有人敢谈恋爱，更没有人结婚。因为这是国防部直属单位，工作人员大都是穿军装戴军衔的军人。部队有明文规定，现役军人不得在内部及驻地附近恋爱、结婚。对于在外地或家乡找对象，则不做限制，但因为航天四院的保密级别极高，恋爱对象必须上报，经过严格政审，上级批准后才能交往。实际情况是，航天四院驻扎地选址偏僻，又实行封闭式管理，工作几年后才有一次探亲假，给家中写信都要被严格审查，根本没机会在本单位以外找对象。

1965 年 6 月，航天四院所有人员脱离军籍集体转业后，对单位内部恋爱、结婚的限制自然也被取消了。大院里的单身青年们很快就“自由结对”谈起了恋爱，并且大都在一两年内申请了结婚。这导致了 1967 年前后出现的“结婚潮”，以及 1968 年前后的“新生婴儿潮”。那几年的航天四院职工家属区，每栋宿舍楼中都能见到贴着红喜字的窗户，都能听到婴儿的啼哭声。

徐立平出生于 1968 年 10 月，是航天四院那批“新生婴儿潮”中的一员。那时航天四院还在内蒙古自治区呼和浩特市区东南十多公里外的荒僻之处，因为近旁有个南地村，四院人便将大院所在地称为“南地”。徐立平对“南地”并没有多少印象，因为他刚满一岁时，就被送回了四川泸州的外婆家。

第二章 母亲的『东方红一号』

徐立平的父母将他送回泸州外婆家，都没来得及多住两天，就匆匆地赶回了呼和浩特。航天四院正在进行一项特别重大的研制生产任务，此时按照生产流程安排，发动机已经到徐立平母亲所在的装药车间了，她必须赶紧回去参加工作。

这项重大任务是航天四院正在加紧研制的一台新型发动机，这款发动机将被应用于“长征一号”第三级火箭上，用于发射中国第一颗人造卫星“东方红一号”。卫星能否进入运行轨道，全靠这台发动机的推送。距离预定的卫星发射时间还有一年，但新型发动机的研制尚未完成，还有众多的试验和改进工作需要进行。

北京的总体设计部门正在进行运载火箭内弹道计算工作，急需发动机工作状态的数据作为参数，这将决定卫星是否能够准确入轨。航天四院必须紧急生产出一台发动机，进行一次全程试车试验，为总体设计部门提供相关数据。

发动机厂装药车间已经完成了的推进剂浇注和固化工作，送检时却发现药柱头部出现裂纹——对固体发动机而言，这是一个致命的缺陷——发动机工作时，燃烧方向会沿着裂纹扩展，产生超过设计定量的燃气，造成火箭偏离预定目标区，还可能导致发动机爆炸。

按规定，推进剂出现裂纹，发动机只能报废销毁。问题是，没有备份发动机可用，重新生产一台周期又太长，根本无法在规定的时间节点内交付，以完成试验任务。

要知道，卫星发射任务是多部门协作的系统工程，每一个分系统的进展状况都会影响到其他分系统的进度。各分系统的研制、试验都有时间节点安排，一个节点出现问题，多个协同部门的研制进度都会因此受阻，如果不能及

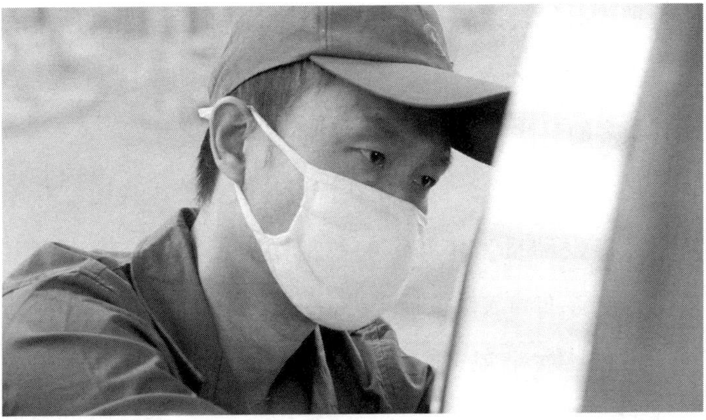

徐立平在进行整形操作

时处理，将引发多米诺骨牌式的连锁反应，导致整个卫星发射计划被拖延。

时任发动机设计室主任的崔国良和装药车间工艺员陈明义等人提议，可以将推进剂开裂部位挖掉，用“灌浆法”重新浇注修补，就能快速地解决缺陷问题。

不过，这样的操作极具危险性，推进剂被业内人称为“火老虎”，稍有闪失，挖药的操作者以及整座厂房就会在几秒钟内被烧得灰飞烟灭。有人坚决反对这一不合规范的冒险之举。万一发生不测，厂房和操作人员都没了，怎么造发动机？怎么保证卫星计划按时完成？

航天四院为此召开了几次讨论会，支持与反对的双方争论激烈，难以决断。

可是，挖药修补又是当时唯一能够保证进度的办法。经过几轮讨论后，工艺员陈明义提出“用带水钢刀挖药”的工艺方法，杜绝摩擦产生静电现象，保证挖药的安全性。那时，国内著名力学专家杨南生担任着主管航天四院科研生产的副院长，他通过理论分析，也已经判断出推进剂开裂的原因，认为挖药修补可以弥补缺陷。在听取陈明义这条关于保证安全的工艺措施后，杨南生拍板决定实施挖药。

陈明义闻言站起身说：“我自愿报名，第一个示范挖药！”杨南生说：“我陪你一起挖！”那无畏的英勇气概感动了会场中的每一个人，众多技术员和一线工人也起身报名参加，一支“敢死队”迅速组建起来，挖药行动迅速付诸实施。

温荣书亲眼见证了“敢死队”同事们的英勇之举，挖药行动持续了一个多星期，共挖出 32 公斤推进剂。发动机重新灌浆固化后，取得了试车成功。

研制工作得以继续进行，但第一个报名挖药的陈明

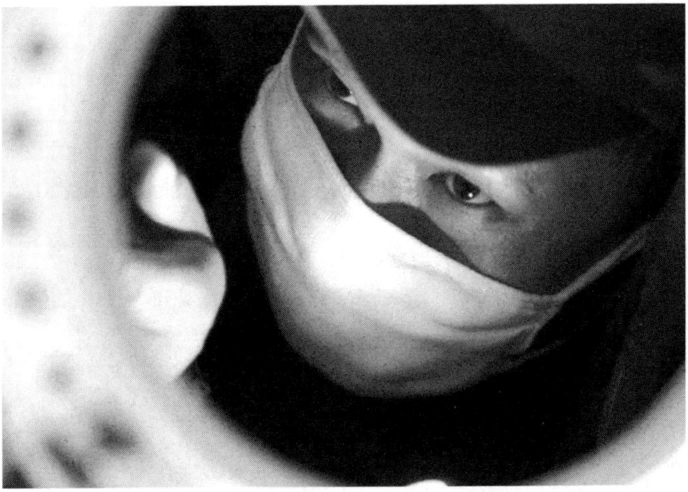

徐立平在进行整形操作

义，却被送进了医院。因为长时间与推进剂接触，陈明义吸入了过多挥发性化学气体，出现严重的中毒反应，在医院休养了半个多月才康复。

此事给温荣书留下了深刻印象，那时，她不曾预料到，20年后，她的儿子徐立平也会有同样的经历，并且情况更加严重。

第四章 父亲的振动试验

2020年4月24日，“东方红一号”卫星成功发射50周年纪念日，这是中国航天界值得大庆的日子，却因为处于新冠疫情防控期，只能通过网络、新媒体等手段发文庆贺。航天四院为此专门拍摄了一部名为《推举东方红》的专题片，用以纪念那段难忘的激情岁月。

徐立平说，每逢这类纪念日就觉得特别骄傲，“我觉得，每一位航天人，无论有没有参与过那件事，都会有自豪感。主要是我父母都参与过这项工程，我的感受就更强一些……”

其实，那些纪念文章里，不会出现徐立平父母的名字。像成千上万普通航天工作者一样，他们曾经的付出都注定不为外界所知。不过，他父母那辈人早就习惯了默默无闻，只要那些参与过的成就不被忘记，就能让他们感到自豪和满足。但作为航天人的后代，徐立平必须记住自己父母为国家、为航天事业作出的贡献，哪怕那贡献看起来微不足道，也是足以令人骄傲的家族史。

徐立平的父亲徐桂林作为航天四院物资部大车班的卡车司机，也参与过“东方红一号”的发射任务，并且还作出过不小的贡献，虽然参与的整个过程中他并不知情。

那是徐桂林将儿子送到泸州，返回单位没多久，忽然接到一项紧急任务——驾车将一件大型货物从呼和浩特运往北京——没人告诉他运的货物是什么，他也不打听。在这儿工作，必须遵守保密条例，“不该问的不问，不该看的不看，不该说的不说”。

装车出发那天，徐桂林将加长大卡车开进厂区指定区域，将货物装车时，军管会主任和几位院领导都在现场，旁边还站着一列持枪的军人。

装货完毕车队出发时，有前车引路，还有后车压阵。

徐桂林驾驶的载货车被夹在中间，驾驶室里还坐着两名挎枪的解放军战士。光看这阵势，就能判断出这趟出车任务有多重要。

那个年代，中国境内大多是土石公路，呼和浩特到北京 600 多公里，一路坑坑洼洼，时速 40 公里就颠簸得厉害。每走几十公里，前面的吉普车就会示意车队停下休息，徐桂林的车一停，后面车上的技术员就跑过来，爬进

徐立平在工作室

他车厢的篷布里捣鼓一阵子。带队领导也总要过来对徐桂林说："车速不要太快，开稳当点儿。"徐桂林每次都点头说："放心，肯定开得稳。"

车队走了三天两夜，晚上开进提前联系好的部队营区内，人住在部队招待所，车在部队库房中，门口还加了岗哨。到达北京南郊的七机部某研究院，交接了货物后的第二天，徐桂林便驾车返回了呼和浩特，很快就将这次出车任务忘在了脑后。

徐立平在调整设备

1970年4月24日，“东方红一号”卫星成功发射，举国欢庆。四院大院里的庆祝更加热烈，这里制造的第三级发动机将卫星准确地送入轨道，那种骄傲和自豪当然会更加强烈。

徐桂林、温荣书夫妇同样兴奋、自豪，他们为这个单位、这个国家取得如此伟大的成就而兴奋、自豪。两人从事的都是辅助工作，不过是单位里最普通的“螺丝钉”，他们没觉得这巨大的成功与自己有什么直接关系。

卫星成功发射几天后就是“五 ”国际劳动节，那天，徐桂林在院子里遇见一位技术员，那技术员突然说：“哎，看见你我就想起来了！现在正统计‘东方红’任务的有功人员呢，也有你一份呀！”

徐桂林没反应过来，说：“我怎么会有功？我一个开车的，哪儿参与过那个事情啊？”

“去年……那次你开车运一个大箱子去北京……里面就是‘长征一号’第三级火箭的试验发动机！”那次进京时，这位技术员就在后面的车上压阵，“那次出车是搞路面测试，检查运输过程中振动对发动机的影响”。徐桂林这才恍然大悟，难怪那次出车时走一段就要停一会儿，每次停车这位技术员都要钻到卡车篷布里去捣鼓一番。

“你开车技术好，专门让你去，这可是危险的差事，当时怕你压力大，就没跟你说，”那位技术员说，“要是运输过程中振动过大，万一发动机里的部件震落一个，摩擦磕碰产生个电火花，那就得爆炸了！发动机里将近 2 吨推进剂呢，你那辆车肯定炸没了，我们前车、后车的这些人也都跑不了。”

“嗨！我啥时候怕过？一不怕苦、二不怕死的精神，还是有的。”话虽这样说，徐桂林回家想起这事，还是有些后怕。可后怕归后怕，此后再安排类似的出车任务，他同样毫不含糊地执行，因为“咱就是干这个行当的嘛”！

几天后，徐桂林获得了一张三等功奖状。

那时，徐立平才一岁半，正在风吹稻花香两岸的长江边，被姥姥抱在怀中，听着艄工的号子，看着船上的白帆。他的父母，与他远隔数千公里，在黄沙遍野风吹雁的塞外高原上，为中国第一颗人造卫星上天而辛勤工作。

第五章 辋川里的『小隐士』

徐立平被接回呼和浩特“南地”大院时，已经是5岁多。

在徐立平眼里，4年没见过面的父母，完全就是陌生人。以至于在回家后长达半年多时间，他都很少说话，也不开口叫爸妈。成年后，他性格较为内向，说话也颇为腼腆，也许跟童年的那段经历有着某些关联。

那时，弟弟徐凡平已经3岁多，妹妹徐艳平刚出生，弟弟、妹妹很幸运，一直跟着父母生活，没有经受过那种分离之苦，也没经历过重新相聚时的那种疏离和陌生。虽然徐立平后来逐渐习惯了与父母相处，但像弟弟、妹妹那样可以跟父母随意撒娇耍赖的亲近感始终未能建立。

因为同样的原因，与徐立平年龄相仿的那一代航天四院职工子弟，大都与父母之间有着或多或少的隔膜和疏离感。尤其是那些到小学、初中毕业后才被接回大院的孩子，与父母的隔膜更加强烈，甚至还带有一丝怨恨，并且很多年都难以化解。这是航天四院老一辈人心中的痛。

一位航天老专家曾说："唉，当时也没办法，形势所迫必须送回去啊。不过，要说对孩子们有愧疚，也不是太……毕竟接回我们身边了，总能照顾到。我们最感到愧疚的是……离家乡上千里，工作又忙……没机会在父母身边尽孝。"

那一代人为了国家的事业，离家远行，上不能尽孝父母，下不能照顾儿女。虽说自古忠孝两难全，但心中总会有些伤感。

徐立平被接回父母身边，是因为快到上学的年龄，而更主要的原因是航天四院又要搬家了。

因为国际政治环境影响和国内战略部署需要，那个年代几乎所有的重要国防战略军工单位都在进行着搬迁。那

技校毕业合影（四排左八为徐立平）

场涉及十多个省份、一千多家大型单位、数百万名职工、上千万人口的大迁徙，被称为“三线建设”。

1964年，毛主席发出“建设大三线”的号召，位于沿海及边境省份“一线”地区的国防工业和重工业企业，必须尽快迁往中国内陆腹地的三线地区。

1965年，当所有重要的军工企业都在筹备向三线搬迁时，航天四院却从本属“三线”的泸州搬到了“一线”的呼和浩特。这种“逆潮流而动”的行为实属无奈，因为泸州气候潮湿，严重影响固体推进剂的制造和储存，必须立即迁往气候干燥的北方地区，正巧呼和浩特郊区有两栋空置的办公楼，于是航天四院便暂时搬到那里开展工作。

事实上，这次搬迁只是权宜之计。向呼和浩特搬迁的同时，航天四院也在三线地区选定了新的驻扎地——陕西省蓝田县山区（一个下属研究所被迁往湖北襄樊市远郊的山区）。

蓝田县距西安市50多公里，位于秦岭山脉的边缘地带，航天四院所属各研究所、生产厂、试验台，散布在山区深处的几条山沟里。那几条山沟，距蓝田县城还有十几公里。

一千多年前，唐代大诗人王维曾在其中一条叫辋川的山沟里隐居。一千多年后，航天四院的职工们肩负国家使命来到此处隐居，成为新一代的“国家隐士”。

一千多年以前王维隐居的遗迹早已不见踪影，通往山沟里的道路只有山民踩出的羊肠小道。每条山沟里都要修路架桥，建高标准的厂房、办公楼、职工住宅，还要自建医院、学校、商店、粮站、食堂、锅炉房……在这样交通不便、地质条件复杂的荒山野岭中建设火箭发动机生产基地，施工难度极高。以至于1965年就已经确定的新点，耗费近9年的时间，也只有小部分单位搬迁至此，大部分基础设施还在建设中。

为加快建设进度，1974年，航天四院从各单位抽调一大批人员前去蓝田基地支援。徐桂林便在此时被调往蓝田基地生产准备组的汽车班，支援那里的基建工作。温荣书也随丈夫一起被调往蓝田，被安排在资料室，负责图书资料管理工作。

那时，蓝田基地各方面的条件都很艰苦，接到调令的徐桂林夫妇却没有犹豫，他们认为，“革命战士是块砖，哪里需要哪里搬”。徐立平三兄妹就成了“小砖头”，跟着父母搬到了蓝田的山沟里，被动地成为“小隐士”，并且这一“隐”就是20多年。

据说，一个人行走的范围就是他的世界。徐立平的世界，就是航天四院蓝田基地的那几条山沟。

那几条山沟里拥有着成套的生活设施，形成了一个可以“自循环”的半封闭小社会。他们不说本地方言，因为有自成体系的“厂话”。除了周日偶尔去附近的乡村集市上采买些蔬菜、鸡蛋之类的副食品，他们几乎不与周边村

徐立平（右二）在与班组成员讨论

庄的居民接触。

因为承担着保密的国家重点任务，山沟里那些被围墙圈起的大院禁止外部人员进入，大院里面的人们说话谨慎成了习惯，不会主动与人交往，即便有所接触也显得缺乏热情，看上去颇为孤傲。他们做事极为细致，认真负责到较真儿的地步，任何与国家相关、单位相关的事情，都会不计报酬、不顾安危地全力完成，并且发自内心地以此为荣。这里的人们，思维方式、说话做事的方式都如出一辙，身上都带着相同的“大院气质”。

这是几乎所有三线军工厂的共同特点，即便两个分属不同部委、驻扎不同省份、相隔几千公里的军工大院，他们在山沟里的设点布局、建筑风格、生活状态都是一模一样的，就连身上透出的“大院气质”也是一模一样的。

徐立平上小学三年级时，父母被调到航天四院位于西安东郊的相关单位工作，他便跟随父母搬到航天四院东郊的家属院中，在旁边同样是军工企业的庆华厂子弟学校借读，直到高中毕业。

1985 年高中毕业时，徐立平自知语文和英语成绩不佳，便跟父母商量后放弃高考，报考了航天四院自办的技工学校。

徐立平放弃高考，并非不努力，而是有着无法回避的客观原因。无论是航天四院还是庆华厂，几乎所有军工单位里的子弟学校，自成立之日就一直缺教师。在小学任教的老师，大多是由只有高中学历的职工家属担任。初中、高中任教的老师中，毕业于师范院校的更是凤毛麟角，现有师资根本无法承担所有的教学工作。

航天四院曾从各单位抽调设计员、工艺员去学校担任数理化等课程的代课老师，代课时间一至两年不等，到期再派人轮换接替。徐立平借读的庆华厂子弟学校也有着相同的状况。

选派的设计员、工艺员都毕业于名牌理工大学，其数理化知识水平没的说，可毕竟不是从事教育行业的，大都不善表达，肚里有货倒不出。代课老师讲得吃力，学生们学得更吃力。而且，一两年就换新老师，学生们很难适应，教学质量根本提不起来。

于是，子弟学校每年的毕业生里能考入大学的屈指可数，考上中专的也很少。剩下的绝大部分毕业生，连上学、就业都是巨大的难题。

航天四院深处偏远山区，职工子女唯一的就业出路就是进厂工作。

学习成绩排名靠前却考不上大学、中专的，可以报考航天四院自办的技工学校（招收名额也极为有限，能考上的也是成绩拔尖儿的学生）。那是山沟里的“最高学府”，招生时便带着就业指标，毕业后可以直接分配到航天四院所属的各单位，成为在册的正式职工。

考不上技校，但身体健康强壮的，大都选择报名参

徐立平（前一）与班组成员的合影

军，服役3年后转业回来安置工作，也能成为正式职工。但每年的招兵名额有限，最多不过10人。

航天四院各单位里，国内名牌大学毕业的高级知识分子一抓一把，曾留苏、留美的高才生也不稀奇。可他们忙于自己的工作，根本无力关心子女们的学习，他们的子女考上大学的微乎其微，能考入航天四院自办的技校，就足以让他们额手称庆，“好歹有份正式工作了”！

有句顺口溜曾在航天四院这样的三线单位中广为流传——“献了青春献终身，献了终身献子孙”。徐立平这一代人，就是被他们父母奉献出来的“子孙”。

第六章 子承母业进车间

1987年，19岁的徐立平以总分第三名的成绩从技校毕业，被分配回航天四院工作。

那时，正是军工行业最困难的低谷期，国家大幅缩减军费开支，军队的装备采购量被极度压缩，科研单位中的许多重点型号研制项目也被迫延缓或取消，工厂里各车间都处于半停工状态。

和徐立平他们一起被分配到航天四院的，还有一些高校毕业生，但数量很少。那个年代，大学招生人数少，大学生十分稀缺，被视为“天之骄子”，每到毕业分配时，都被各地各单位争抢。

航天四院每年能“抢”来的大学生，最多不过40人，对于这个国内规模最大的固体发动机研究院而言，实在是少得可怜。曾经的“国”字头、“铁饭碗”已经对年轻人失去了吸引力，当时国家的重点在于经济建设，开放程度高、经济发达的南方沿海地区，是人们的向往之地。对于高校毕业生来说，那里拥有着更多的发展机会，更高的经济收入，更好的生活条件。与之相比，深处中国腹地偏僻山沟里的军工单位，环境闭塞、经济落后，没有多少工作任务，也拿不到多少工资，实在没有任何优势可言。即便是来到此处数量很少的大学生，也有不少在一两年后选择离开，能留下来的，确实对这份工作有着极度的热爱，多年后都成为中国航天领域中的技术骨干和业务主管。

对于徐立平这样的“子弟兵”来说，回到航天四院那几条山沟里工作是唯一的选择。他们从小跟随父母“隐居”于此，不知道外面的世界是什么模样，这几条山沟和大院就是他们生活中的一切，他们对这里有着一种天然的依赖和忠诚。

徐立平被分配到 7416 厂的称量组。那是一个重要的生产车间，在航天四院这样的单位里，干型号任务的单位才是好地方，在这种单位工作，待遇最好、最有面子。

但对于称量组的工作情况，徐立平根本不了解，这个工作好不好，他只能征求父母的意见。巧合的是，这个车间就是他母亲温荣书当年工作过的装药车间。

这种母子先后在同一个车间工作的现象，在当时的航

徐立平在测量产品尺寸

天四院各单位，乃至全国的企事业单位中，都不是稀奇的事情。那时毕业生还是国家分配制，分配的原则是“从哪儿来回哪儿去”，就是回到父母所在的单位工作。这样的情况下，两代人同在一个设计室、一个车间工作甚至一个班组中工作的情况比比皆是。

作为三车间的“老人手”，温荣书当然知道称量组的

徐立平在进行整形操作

工作是什么。她对儿子的这个工作岗位并不满意，因为称量组的工作就是在发动机装填推进剂之前，称量出所需的推进剂重量。这是几个人一起在专用量具上完成的称重工作，没有多少技术含量。

作为曾在生产一线工作过的人，都会有种近乎于条件反射式的朴素认知——能学到技术的岗位才是好岗位，有技术的人才有价值。

就在此时，他们听说车间的整形组刚好空出一个名额，因为徐立平的毕业成绩名列前茅，按规定，他可以优先选择工作。于是，温荣书便让徐立平选择了那个岗位。

徐立平问母亲，整形组是干什么的。温荣书却说不上来，当年在那儿工作时，还没有端面整形这道工序。温荣书已经调离十几年，也没机会回去看那儿的工作情况，但她听别人说过，现在生产发动机，端面整形“是缺不了的岗位，能学到技术”。

选定整形组的岗位，温荣书一遍遍地嘱咐儿子，一定要“好好干”。她们那一代人就是这样，无论在哪个岗位，都会认认真真地干好本职工作。

同时，温荣书还不断对儿子强调，一定要“注意安全”。她知道，车间里几乎都是危险的岗位。当年她在车间工作时，曾亲眼见过一次推进剂燃烧事故，那位不幸的同事瞬间就被烧掉了手指和耳朵，那还只是一次小剂量的试制装药。航天四院的各个生产车间里都有危险，温荣书这样的“老人手”知道，只有脑子里时刻有着安全意识，严格遵守操作规程，才能把危险发生的概率降到最低。

其实，刚从技校毕业的徐立平并不清楚母亲所说的“危险”意味着什么，他根本顾不上想那个。他的人生即将揭开新的一页，这让他觉得既紧张、兴奋，又充满了期待，他虽然被分配到了母亲曾工作过的三车间，选择了整形组，但他对什么是整形还一无所知。

徐立平的人生轨迹与军工企业中绝大多数第二代子弟并无二致——在单位家属院中度过童年、少年和青年，学生时代获取的所有文化知识都来自单位自办的那几所学校，来自同住一个家属区的老师。他们迈出校门走入的“社会”，其实还是那几座熟悉的大院，家属院的大门就对着厂区的大门。趴在车间的操作台前，学到的所有工作技能，也都来自同住一个大院、与自己父母相熟的师傅们。

徐立平说，进厂报到时，他们这些新员工并没有直接被分配到各自的车间，而是集中在一起，进行了长达一个

徐立平手拿祝福语留影

月的安全培训。他至今还记得，培训第一课时，他们被问到的第一个问题——“推进剂发生燃烧时，应该怎么办？”

“有人说用消防器材灭火，有人说找阻燃物把推进剂盖住，有的说把推进剂转移到空旷地。结果都不对！正确答案你都想不到……”30多年后，徐立平依然清楚地记得这个细节，那是他入职航天四院时收到的第一个“职场忠告”——“不能救火，立即逃生！”

燃烧的固体推进剂根本无法扑灭，因为它的组分中自带氧化剂，无论是泡在水里、覆盖阻燃物还是放到真空环境里，都不会影响燃烧状态，只能由它自行烧尽。散布在蓝田山区中的那些厂房里，逃生通道是必备的标准设施。厂房墙角也摆放着一些消防器材，那只是为应对其他物品意外起火而预备的。

一个月的安全培训，让徐立平对“危险岗位”的含义有了初步的认识，也扎下了安全生产的基本意识。他没想到，这样的安全培训却只是入门的“初级教程”。来到整形组，师父给他上的第一节课才是安全培训的“高级教程”。当他面对那次在心理上造成巨大震撼的培训时，他才真正感受到要面对的危险！

第七章 师从『一把刀』

刚进车间的工人有一年的学徒期，由师父带着学习基本操作技术和车间里的各种规矩。在车间里，有“师父”和“师傅”两种称谓，发音相同，意思却完全不同。“师傅”是对车间内所有长者的尊称，并且前面必须加上对方的姓氏，而“师父”则是授业恩师的意思，前面绝对不加姓氏，只能称“师父”。

徐立平的师父是王广仁，药面整形组的组长，因为技术水平高，人送外号“一把刀”。对于一个学徒工而言，能跟着一位高水平的师父，是一件幸运的事情，这意味着能学到真本事。而徐立平就颇为幸运。

到车间的第一天，师父没跟徐立平说技术上的事情，而是从柜子里拿出个纸包，又指指墙角一个 8 号铁丝做成的小圆架子，让徐立平拎上，跟着他出了车间大门。

初来乍到，徐立平不懂这是干什么，他也不敢问，只是闷头跟着师父上了一个山坡，走到一块没有树木的乱石地前。那片空地上的石头都黑乎乎的，像一堆焦炭。

师父示意徐立平把铁丝架子放在乱石地中间，将几条铁丝支腿插入土里固定牢靠。然后在架子上铺开一张报纸，将手中的纸包轻轻地放上去，慢慢地打开，那里边是一堆刨花一样卷曲着的青灰色薄片。

“这是发动机整形时铲下来的废药。这东西不能在厂房里多放，攒到几百克就要过来销毁一次。”师父边说边从口袋里摸出一条长长的纸绳，塞进那些废药中间，然后将纸绳理顺拉直延伸到远离废药的地方，划根火柴点着绳头，带着徐立平退到十几米外的地方。

被引燃的纸绳没有火苗，那是特制的专用引火绳，烟头般的暗火不疾不徐地向废药移去。

暗火碰到废药的那一瞬间，一片耀眼刺目的白光让徐

工作中的徐立平

立平不由自主地闭上了眼睛，耳边轰的一声闷响，炙热的气浪便撞到了身上，像被人猛推了一把。他感觉到头发和衣领、衣襟都随着气流向后飘摆，也能感觉到面颊和手臂上的皮肤因炙热而收紧。

那令人胆战的感觉，让徐立平下意识地想蹲下身子隐蔽起来。可是他还没来得及做出任何动作，强劲的气流和炙热的感觉便消失了。他睁眼观察，空地上只剩一片焦黑的石头，一团巨大的白色蘑菇云正在头顶翻腾着升向高空。

徐立平跟着师父走到乱石中间，刚才他亲手放置的那个8号铁丝圆形托架已经不见踪影，只剩下石缝里几根作支腿的铁丝，露出土地的那一端，像被点燃融化后的蜡烛。

“看见没？这才是几百克推进剂，烧起来就是这结果，”师父说，“咱们要修整的发动机，里面的推进剂少则几十公斤，多则十几吨。那要是被引燃了，啥结果？”

徐立平没说话，他想起入职培训时那句“不能救火，立即逃生”的忠告。那一刻他也意识到，能逃生的是距离推进剂较远的人，操作者根本没逃跑的机会，因为推进剂燃速太快，人还来不及有反应就烧完了。

“干咱们这行当，不能有一点儿差错，时刻要绷着安全这根弦儿！”师父说。

徐立平所在的整形组，算上他这个新来的学徒工，只有 7 个人。那时发动机的生产任务不多，药面整形不需要太多人手。

师父王广仁于 1970 年进厂，有着 17 年的工作经验，但成为“整形工”也只有 8 年。那时，厂里资格最老的整形工在档案中都只有 8 年的相关工作记录，因为此前厂里就没有端面整形这个工种。

王广仁参加工作时，固体发动机制造工艺中还没有修整端面工序。那时，他是一名灌浆工，就是将黏稠的推进剂灌注进发动机壳体内。当时推进剂的性能不高，烘干固化过程中经常出现开裂现象，灌浆工必须用特制的铲刀将开裂部分挖除，然后重新灌浆修补好。那种挖除开裂部分的操作手法与后来的药面整形有些类似，只不过对切割精度没有严格的要求。

1979 年前后，随着中国固体火箭发动机技术的进步，研制人员发现，推进剂固化后，其不规则的端面形状会导致火箭飞行状态的细微改变，这细微的变化将影响火箭落

徐立平在操作设备

点精度。此时，端面整形才被定为发动机制造过程中必备的工序。

王广仁等几位灌浆工被抽调出来，专门进行端面整形。那时没有任何技术规范可以参考，也没有专用的工具和刀具。他们和工艺员一起探讨摸索，借鉴鞋匠的修鞋刀和木工的刨刀形制，自制出修整刀具，边干边总结技术经验，终于摸索出一套工艺方法，形成了中国固体火箭发动机端面整形技术规范。

在此后长达5年的时间里，他们都是以“灌浆工”的身份从事着端面整形的工作，直到1984年，“药面整形工”才被列入国家职业工种设置，王广仁也成为中国第一批药面整形工之一。那时，全中国从事这一行当的不过三四十人，其中一大半都在航天四院。

这样算起来，1987年进入整形组的徐立平，也是入行较早的那批整形工之一。

第八章 苦练手感砺刀锋

徐立平参加工作时，工厂里的生产任务不多，师父对学徒的培训却没有半点松懈。这里的产品都将应用于国家重点型号的产品上，必须保证百分之百的合格率，技术不过关，根本不能上手。

从销毁残药的山坡上回到车间，师父递给徐立平一把用钝了的整形刀，对他讲解了整形刀的结构、刃口角度等要点后，指指旁边的砂轮间说："你先去练磨刀吧。"

徐立平拿着那把钝刀，在砂轮机前磨了半天，才觉得有了点儿样子。师父接过去，翻转刀身看了两眼，回手将刀刃在水泥地上猛戳几下，又递给他，说："拿去重磨！"

徐立平不敢多问，拎着卷刃的刀子，又进了砂轮间。此后的几天，他上班就钻到砂轮间里去磨刀，搞得满身灰土，可每次磨出来，师父都是那句"拿去重磨"。

这样的过程令人崩溃，却是从外行跨入门内的必由之路。此时的徐立平也如同一把未开锋刃的整形刀，在一次次枯燥的重复中，磨砺出自己的锋刃。

徐立平记不清在砂轮间站了一个星期还是两个星期，终于获得了师父点头，"勉强能用，以后还要天天练"。说罢，师父从工具架上取下一块青灰色的长条状物体，长度、宽度跟铅笔盒大小相仿，却比铅笔盒厚两三倍，手感麻砺砺得像砂轮，捏着却如同一块硬化的橡胶，压在手里沉甸甸的。

"今天开始练铲药。"师父说着，把那块长条状物体递给徐立平。

"药"是车间里的行话，用以代称固体复合推进剂，所以修整推进剂浇注后的端面就被称为"药面整形"。固体复合推进剂是一种特殊橡胶，含有巨大的能量、极易燃烧，为获得某种燃烧性能，还会混入一定剂量的细小金属颗粒，这就是它看上去麻砺砺得像砂轮，捏着却如同橡胶的原因。

师父递过来的是一块“模拟药”，质感和手感都跟“真药”一样，只是不含燃烧剂，用火柴点都点不着，专供学徒工训练整形使用。

那时的药面整形，全靠工人手工操作。磨刀、铲药、手找平，是三项基本功，这些都要凭借精细入微的手感——磨制整形刀时，刀型和角度需要手感掌控；修整铲药时的进刀速度、力度，以及不超过 0.5 毫米的切削厚度需要用手感控制；判断药面是否平整时，需要用手轻拂药面，同样是靠手感判断 0.1 毫米的起伏变化。

最复杂的操作都是在基本功的基础上进行的变化，并且都需要细微的手感。要获得这些手感没有捷径，只能靠大量地练习，形成一种独特的肌肉记忆，成为训练出来的本能。

前面说过，固体推进剂是一种特殊的橡胶。要将一块韧性很强的橡胶用刀切开，必须使用特别锋利的刀子，还得会用巧劲儿。徐立平他们的药面整形，不仅要把多余的橡胶切掉，还要把橡胶表面修平整，不留刀痕，其难度可想而知。在此基础上，他们还必须保证平面度、形状和尺寸控制在严格的公差要求之内，这更是难上加难。

进厂半年多，徐立平用那把整形刀铲平了几十块模拟药块。在一次次枯燥的重复动作中，他逐渐找到了那种精细入微的手感，这让他颇感兴奋。师父一直暗中观察，对徐立平的表现也很满意，认定他是干这行当的好苗子。

当初，徐立平觉得是自己挑选了这个岗位，多年后他

徐立平在厂房磨刀

当了班组长后才知道，这岗位并不是谁想来就能来的。分配新人时，人事部门会事先征询班组长选人的条件，再向学校了解备选人的性格特征，必须是性格沉稳、心思细密、做事踏实、动手能力强的人，才能分配到这里。徐立平就是符合这些基本要求，才被分配到了这里。

经过几个月的基本功练习之后，徐立平终于被师父允许跟在身后，参与产品的整形工作。第一次面对真正的发动机、真正的推进剂，徐立平紧张得手心冒汗，下刀时都提心吊胆。其实，他只能做前期的粗加工，快到设计要求的尺寸时，还是得师父亲自上手。那时，固体发动机的生产任务少，大都是单件生产，并且每件产品价值很高。万一失手多切下一点儿，或留下刀痕，就是带来安全隐患的生产质量问题，会导致发动机降级使用，甚至会造成发动机报废。

初入行业的徐立平刚满 19 岁，还需要更多的时间磨炼技艺，在师父的督促下，他每天练习三项基本功，他知道那是自己今后安身立命的本领。但毕竟还是在懵懵懂懂的年纪，对于自己从事的那份工作并没有更深入的认识和思考。

一个人的成长，往往是以一件重大事件为转折点的。徐立平的成长转折点，是 1989 年的那次挖药经历。

第九章 最年轻的突击队员

1989 年国庆节过后，徐立平接到车间主任的通知，立刻收拾工具，去总装车间参加一项紧急任务。那时，他参加工作刚满两年。

彼时总装车间正在装配一台用于全程热试车的大型发动机。那是航天四院从 1982 年开始研制的重点型号项目，也是航天四院自成立以来，直径和体积最大的发动机。如果研制成功，中国的固体火箭技术会有飞跃式的提升。

可是，研制过程并不顺利，几个月前的一次试车遭遇失败。改进设计后重新生产的一台全尺寸发动机刚刚完成了总装工序，在即将转运试验站准备新一轮试车时，检验员查出发动机有明显的“脱黏”现象。

要搞清什么是“脱黏”现象，我们必须知道固体发动机的内部结构。

前文曾说过，固体发动机由壳体、隔热层和固体推进剂药柱组成，如果你想象不出它的样子，可以将一只大柚子从中间横向切开看一看，两者的内部结构几乎一模一样——柚子黄色的外果皮，相当于发动机的壳体；柚子外果皮下那层厚厚的有韧性的白色海绵质，就如同发动机内的隔热层；海绵质下面围成一圈的柚子果肉，就相当于发动机里那层厚厚的推进剂药柱——并且，一瓣一瓣柚子果肉围成一圈，中间形成空腔状态，也与固体推进剂药柱中间塑成的芯孔结构一模一样。

一台合格的固体发动机，壳体、隔热层和固体推进剂药柱必须紧密地结合为一体。就像一只生长良好的柚子，果皮、海绵质和果肉都会紧紧地结合在一起一样。

对于柚子而言，将这三部分紧密结合并不复杂，在遗传基因的作用下就能自然而然地完成。但制造一台固体发动机，要将金属或复合材料壳体、耐高温的隔热层和橡胶状推进剂药柱紧密地结合在一起，必须通过一套极为烦琐复杂的人工黏合方式才能实现。

发动机内需要黏合的共有三个黏合层——壳体与隔热层的层面，隔热层与隔热层的层面，隔热层与推进剂的层面。并且，三个黏合层的黏合材料、黏合工艺都不相同，任何一个环节出现一点小问题，都会造成某个层面开裂脱离的状况，也就是产生了“脱黏”现象。

徐立平工作场景

“脱黏”是固体发动机的一种严重产品缺陷，会导致试验数据产生偏差，也可能会导致发动机壳体烧穿损毁，甚至发生爆炸。“脱黏”现象过于严重的发动机，还有可能做报废处理。

可是，航天四院根本无法承受发动机报废带来的后果。那是1989年，人均工资只有100多元，而一台大型发动机，仅推进剂的花费就超过百万元。当时的军工行业还处于经费严重不足的“严寒期”，航天四院账户上的经费已经所剩无几。甚至，研制这款发动机的资金，都是当时主管工作的副院长叶定友从兄弟单位借来的，根本没有重新制造一台的资金，实在报废不起啊！

航天四院的领导和技术专家们经过商讨，决定立即组织“突击队”，再度启用“挖药修补”的非常手段，挖掉脱黏区域的推进剂，查清问题后，重新灌浆修补好。叶定友和阮崇智两位副院长分别担任队长、副队长，参与挖药的人员则从各车间抽调。

这情节实在太熟悉了！

20年前，不到1岁的徐立平被送回姥姥家时，航天四院正组织“敢死队”，为出现缺陷的发动机进行“挖药”

补救。20年后，徐立平被选入突击队，依然是为出现缺陷的发动机进行“挖药”补救。除了“敢死队”换作了“突击队”，其他的情节几乎一模一样。

其实，这不变的场景背后正是中国航天人一直面临的窘境——经历两代人的时间更迭，技术手段却并没有多少提升。

在诸多描写中国航天发展的文章中，都会盛赞老一辈航天人在艰苦环境中奋力拼搏取得了辉煌成就，但对于“艰苦”的描述，大都着眼于吃得多不好、住得有多差等生活条件。如果用现在的生活条件与之相比，那时的条件确实艰苦。但把那样的生活条件放回当年的时间轴，进行横向比较时就会发现，这种对“艰苦”的理解和表述似乎出现了偏差。

当时的三线军工企业，粮食确实是凭票定量供应，并且定量中还有一定比例的粗粮，与徐立平同龄的那一代人，都是吃着粗粮长大的。事实上，在那个国家统购统销的年代，全国各地的粮食供应都是定量定比。迁往三线地区分布在山沟里的航天单位，确实环境闭塞，但对于相关的生活物资供应，国家却已经给予了最大限度的保障和优待。当地见不到的各种食品、生活用品都能通过专线列车

徐立平在进行整形操作

或本单位的车队运进来。

徐立平的父亲是大车班司机，他的工作任务除了负责转运大型产品，另一项职责就是定期出车，为职工们运回不同地域出产的时令蔬菜、水果以及肉类等食品，甚至还有渤海带鱼、上海糖果、北京蜜饯、四川白酒……虽然分发购买的数量和频次有限，但那都是当地居民闻所未闻的高级东西，甚至一线城市的普通居民也很难买到。

再说居住条件，三线单位虽然都在山沟里，但生活区的职工宿舍，无论是平房还是两层的单元楼，都是建筑质量极好的砖瓦结构建筑，每户职工根据家中人口多少，会分配一套带厨房的两居室或三居室。徐立平家里有五口人，住的就是一套三居室。当时一线大城市里的绝大多数市民都没有这样的居住条件。

生活在三线山沟里航天人，与同时代的普通人生活相比，甚至超过了大多数城市居民的生活水平，那是被周边人们“眼红”的生活，称为艰苦显然不妥。

不过，这些航天人确实有另一种艰苦，他们面临的是长期遭受技术封锁，研制经费极为有限，无法开展全方位的基础研究，科研条件远远落后于世界先进国家的局面。而他们却必须用落后于时代的科研设备和制造设备，研制、设计、制造出达到世界先进水平的运载火箭、国防装备。

1969 年，徐立平母亲所在的装药车间对“长征一号”第三级火箭发动机推进剂固化状况进行检验时，主要靠目测判断的方法，对于发动机内部是否“脱黏”，只能用小铜锤敲击壳体，靠人耳听音判定。而那时，国外早已采用了大型探伤机透视检测技术，可以直观准确地检测出发动机内部的具体状况。

徐立平的父亲奉命驾车将发动机送往北京，在运输途中进行发动机振动试验，是因为国内没有大型振动测试仪，只能派他和技术人员一起，冒险完成这样的任务。

时至1989年，徐立平参加的这次挖药行动，工厂里检测“脱黏”状况的方法依然是20年前的落后手段——铜榔头敲击法。如果出现“脱黏”缺陷，依然要靠工人冒险手工挖药，露出缺陷部位，才能观察到缺陷状况，而后作出相应的改进设计，这都是风险极高的“土”办法。

20世纪50年代至80年代，曾有个流行词叫“土法上马”，那是在无法获得先进高端设备的状况下，用自制的简陋装置完成任务的代名词。尤其在军工行业中，这成了在极端落后的技术条件下，解决科研难题的“制胜法宝”。事实上，直到2000年以前，中国在航天技术的研究探索中依然大量依靠“土法上马”来解决问题，这样的例子举不胜举。

中国航天人，就是在这样落后的艰苦研制条件下，用“土法上马”、用自己的牺牲和奉献精神，完成了“两弹一星”的艰巨任务，研制出对空、对地、对海等品类齐全的战术、战略导弹武器，让中国拥有了探索太空的能力，拥有了强大的国防。很难统计，在这样的过程中，航天人为之付出了多少血汗，付出了多大的牺牲。徐立平参与的那次“挖药”行动，就是典型的“土法上马”，工作仅两年的年轻人就要参与到如此危险的事情中，那些工作多年的老师傅又会有多少次这种经历？

能够入选突击队让徐立平特别激动，因为参与这种任务的人必须技术水平过硬。从整形组被借调到总装车间的只有4个人，一个是徐立平的师父，另外两位也是老师傅，年轻人只有他一个，这说明他的技术已经获得认可。

徐立平的激动，还不仅如此。他是看着小人书长大的那一代人，那时的小人书里，画的讲的都是董存瑞、黄继光、邱少云那样的英雄故事，那些画面和故事，在无数少年心中种下了豪迈的英雄梦。

这次将要执行的任务便唤起了徐立平压在心底的那个英雄梦，“突击队员”“高度危险”“国家利益”这些关键词，让他真切感受到个人与国家紧密相连的使命感和荣誉感，更让他热血澎湃。

徐立平知道这项任务风险极大，怕父母担心，在家里只字不提入选突击队的事情。徐立平父母也知道航天四院

班组合影（左八为徐立平）

要挖药的决定，那是当时单位里最重大的事儿，但他们不知道儿子也是成员之一。

十几名突击队员中，年轻人只有三四个，并且都是航天四院子弟。这并非照顾“自己人”，而是因为这项任务极度危险，他们的父母都是本单位职工，最清楚这里的工作性质，如果任务中发生不测，也能相对理智地对待。

突击队里，徐立平是年龄最小的，他 21 岁的生日就是在发动机的火药堆里度过的。

第十章 发动机里挖火药

虽然怀着满腔英雄气概，并且有着充分的思想准备，可真的走进厂房，面对发动机时，徐立平还是难以抑制地紧张起来。“心跳不由自主地就加快了，手心也不停地往外渗汗。”

那台五六米长的巨大圆柱形发动机横陈在工房中间，直径比一个站立的成年人还高，里面是十几吨高能量的固体推进剂。

徐立平对这台发动机并不陌生，一个多月前，它就摆在徐立平工作的厂房里，徐立平曾跟着师父一起为它做过药面整形。如今，再度面对它时，却必须钻进内部，在十几吨推进剂的包围中工作，那是与药面整形完全不同的感觉。

发动机内，推进剂药柱的中心位置有一个多角星型的通孔，从发动机这一端一直通向另一端。这仅比肩膀略宽的通孔被称为“芯孔”，操作者就是从这里钻进发动机，爬到“脱黏”部位进行“挖药”的。

芯孔黑洞洞的，如同一张巨兽之口，环绕的星角如同一圈利齿。芯孔内铺设了几层纯棉帆布，搭在芯孔外面的一截布头像巨兽口中吐出的舌头。

徐立平深吸一口气，努力让自己平静些。工房的空气中，都是推进剂散发出的化学品味道。他弯腰略微提起一条裤腿，身旁的同事将一根长长的导线系在他的脚踝上。他身上从里到外的衣服都是统一配发的，纯棉质地，脚上穿着配发的布面羊皮底舞蹈鞋。

徐立平又深吸一口气，将两层厚厚的棉口罩戴好，弯腰钻进芯孔。“里面的空间太小了，稍一抬头就碰到上面的药面儿。”前后左右都是厚达几十厘米的固体复合推进剂，徐立平有种被巨兽吞噬的感觉，全身的肌肉都紧张得微微

徐立平在前往工作间的路上

颤动。

固体发动机有着古怪的性格，外力的碰撞或从高处坠下的撞击力，都难以将其引燃引爆，但固体推进剂绝对不能接触明火，哪怕一颗小小的静电火花儿，都可能将其引燃。

20年前，航天四院第一次“挖药”时，工艺员陈明义提出用“带水钢刀挖药”的方法，就是为了防止刀面与药面摩擦产生电火花。20年后，推进剂配方已经升级换代，但它不能见火花的特性依旧没变。这正是徐立平他们面对的危险所在。

相比于20年前的那次“挖药”，徐立平他们这次的难度、危险程度都呈几何倍数地增长——发动机体积增大了十几倍，“脱黏”缺陷又出现在燃烧室最里面小开口的位置，操作者必须从芯孔大开口处爬进最里面的小开口处，在推进剂的包围中工作。芯孔内空间狭小，光线昏暗，操作难度极大，不仅刀具会与推进剂接触，身体和衣物也会跟推进剂亲密接触，任何失误造成摩擦都可能产生静电。

给每位突击队员配发的纯棉衣物、舞蹈鞋，铺设在芯孔内的纯棉帆布，以及脚腕上长长的导线，都是为了预防静电而采取的专项措施。但徐立平他们依旧小心翼翼："往里爬的时候要特别小心，衣服或头发在药面儿上摩擦出静电，就全完了。"

多年后，徐立平回忆起那时的情景，还会下意识地眯起双眼。"发动机里面，化学品气味特别浓，呛得人呼吸困难，刚进去时，眼睛都被挥发出来的化学气体刺激得睁不开，不停地流泪。"

推进剂中含有数十种化学物质，会不断挥发出有毒的刺激性气体。徐立平他们不能使用面罩式防毒面具，因为视野太窄，工作时容易磕碰到周围的推进剂，不方便操作且容易诱发静电产生。于是，他们只能戴两层棉口罩防护。但身处充斥着浓烈刺激性气体的推进剂芯孔里，棉口罩根本起不到防护作用，不过是聊胜于无的一种象征性心理安慰。

徐立平说，爬到发动机最里面的位置，不过四五米的距离，他已是满头大汗。一方面是因为紧张，另一方面是因为呼吸不畅。

经过2020年的新冠疫情，想必每个人都对戴着口罩呼吸的困难程度有着切身体会。徐立平和他的同事们却必须戴着两层口罩，在空气流通不畅的发动机内工作，那种憋闷的感受可想而知。

芯孔内的推进剂表面有一块明显的标记，那是徐立平的师父王广仁凭借外面的敲击声音，先用手钻在缺陷部位打孔取样，探明具体位置后，划定的铲药区域。划线区域中的推进剂已经被削去一层，那是几位院领导和7416厂领导先后钻进来查看情况时，用铲刀尝试铲除的痕迹。

在外辅助的同事已经绕到发动机的另一端，此时递进一根静电导线，徐立平接住绑在手腕上，那是消除静电的设备。然后他又接过同事递进来的铲刀，铲刀的手柄后面也连着一根静电导线。

徐立平再次深呼吸，却被呛得咳嗽了起来。他必须努力让自己迅速平静下来，以便尽快开始工作。因为在芯孔内铲药，每个人的时间不能超过15分钟。推进剂挥发出的刺激性气体过于浓烈，味道刺鼻，眼睛也被熏得酸胀难忍，根本无法长时间工作。

整座厂房里，只有钻进发动机内的徐立平和一个发动机外辅助的同事，其他人都在厂房几十米外，在山坡下的农田边等候换班，这是为预防万一发生意外，以最大限度地降低伤亡人数。

狭小的芯孔内，徐立平只能侧身半躺或者趴在推进剂上，这样别扭的姿态，在巨大的精神压力中，还要保证每次推刀的动作平稳不变形，并且切割推进剂的厚度还必须控制在极薄的范围内，这种难度绝非平常修整药面时的状况可比。“发动机里面特别安静，”徐立平说，“能听到自己的呼吸和心跳声，你还能感觉到脑袋上的血管也跟着一

徐立平工作场景

起跳，声音特别大，‘嗵嗵嗵’的，震得耳膜疼。还能听见铲药时，衣服的摩擦声，刀刃切下药面时的沙沙声。平常在外面干活儿，我根本听不到这些声音。”

每次完成一个班次的铲药，倒退着爬出芯孔时，徐立平都觉得，这十几分钟的静态工作却像刚干完一场高强度体力工作，十分疲惫，那是高度紧张所致。他以为，多进去几次，习惯了就会放松些。可实际上，他每次进去都是一样地紧张，一样地满身是汗，爬出来时都是一样的疲惫无力。

坐在山坡下的麦地边等候换班时，老师傅们曾半开玩笑地说："都小心点儿啊。要不然，那就是台儿百万块钱的豪华火化炉，火葬场都不用去了。"他们看上去挺轻松，其实每次换班出来时，同样的满身大汗。每次爬进发动机，都像在"鬼门关"里走了一遭，那样的精神压力，换谁都难以克服。

十几名突击队员中，整形工只有八九名，毕竟，他们用刀的技巧和铲药的手法更专业，是"挖药"的主力。于是，轮班时徐立平、他的师父和其他整形工就会多排些班次，每天要钻进去五六回。

受制于空间狭小和操作时间短的因素，在发动机内铲药的效率并不高，即便是水平高超的“一把刀”，徐立平的师父王广仁，在十几分钟的时间里，也只能铲下 100 多克的废药。要挖除的推进剂实在太多，这每次 100 克的进度如同蚂蚁啃骨头般的“挖药”工作持续了将近 3 个月，从满山红叶的秋季进行到山风刺骨的寒冬。徐立平和同事们一刀一刀地挖出了 302.75 公斤推进剂，终于将“脱黏”部分全部显露出来。

发动机专家和设计人员立即勘察“脱黏”状况，对缺陷成因进行分析，最终确认设计方案并无问题。随后，他们迅速对相关材料和加工工艺进行修改，制定出防止“脱黏”现象的解决方案。

对挖除部分进行灌浆修补的工作也随即展开，这依然要由徐立平他们这些突击队员钻进壳体中进行手工操作。

发动机灌浆修补工作必须不间断地一次完成。要将 300 多公斤推进剂浆料填灌进去，需要 20 多个小时，流体状的推进剂挥发出的刺激性气味更为浓烈。徐立平跟着老师傅们连续工作了一天一夜，“完成修补走出厂房时，眼前像蒙着一层雾，什么东西都看不清。过了两三天后，才慢慢地恢复视力”。

在随后的试车中，这台修复后的发动机工作正常，试验取得了圆满成功，后续研制工作得以继续进行。参加“挖药”的突击队员们因此获得了航天四院颁发的集体二等功，时任航空航天部部长林宗棠也专门发来贺电，向突击队员们致敬。这是徐立平获得的第一项荣誉。

几年后，这个型号的发动机通过国家验收定型，使中国的固体火箭技术水平迈上了一个巨大的台阶。随后，这一型号发动机的相关技术又被进一步发展改进，应用于多款国家重点型号的发动机设计中。

经历过这次危机四伏的发动机中“挖药”历练，徐立平的技术水平和心理素质获得了飞跃式的提升。这就如同一把钢刀的刀口，只有经过烈焰与冰水的淬火，才能磨出斩金断玉的坚硬锋刃。

第十一章 突发的怪病

那台被修复的发动机试车成功，当四院职工们正沉浸在成功的喜悦之中时，徐立平却经历着人生中一段灰暗的时光。

其实，那次“挖药”行动刚开始几天，徐立平就觉得腰部和右腿隐隐作痛，随着“挖药”工作的持续进行，那种痛感也越来越明显。他却没跟师父或同事们说起这事，因为担心被人误会是惧怕危险而找的借口。与“挖药”时的危险和日渐严重的疼痛相比，他更在意肩上的责任和自己的名誉。

“挖药”任务结束后，徐立平的腰腿疼痛越发严重，去医院检查了几次，医生都查不出原因，只能采用打封闭针的办法给他镇痛。但这样无法根治，一天天加剧的疼痛让他走路时都一瘸一拐的，已经无法持久站立，只能住院治疗。可是面对这病因不明的症状，医生依然束手无策。几天后，徐立平已经无法自主行走，连上厕所都要由两个男同事架过去，医生推断，他可能会因此瘫痪。

徐立平的心情灰暗到了极点，他刚刚跟随老师傅们完成了一项壮举，还未及品味那种当英雄的豪迈感，却要面对如此沉痛的人生挫折。对于一个刚刚 21 岁的年轻人，他既无法想象也无法承受此后的大半生都将瘫痪在床的命运安排，那该怎么生活？还怎么工作？

多年之后，徐立平依然不愿提及那时的痛苦心情。他觉得痛苦是私人的事情，说出来给人听，引起同情、惊讶，会很不堪、很没劲，不够爷们儿。

那段时间里，女友梁远珍每天守在医院里陪护，这让徐立平感到温暖。她也是航天四院的职工子弟，徐立平参加“挖药”前的两个月，刚从技校毕业，分配到 7416 厂机加车间工作，两人经朋友牵线相识相恋。航天四院驻扎在蓝田县山沟的那些年，职工子弟们的恋爱对象，无论是自己追求，还是媒人介绍，选择范围都在这个半封闭的大院里。

徐立平住医院时，两人恋爱不到一年，正处在热恋期。那时，梁远珍刚考入西安市的一所职工大学，得知徐立平住院，立刻请了长假赶回蓝田山沟里的职工医院陪

徐立平（左三）参加“将改革开放进行到底”全国巡讲山东站巡讲

护、照顾。她知道徐立平可能会瘫痪，但根本没考虑将来会面对怎样的状况。“那时还年轻，什么都不会想太多，就是一心要照顾好他，一辈子这样都无所谓。”梁远珍说。

徐立平的母亲温荣书却考虑得很多。自从儿子住进医院，温荣书每天晚上都难以入睡，她怕儿子后半辈子就这样瘫在床上，也怕因此耽误了梁远珍。

在医院住了一个多月，徐立平的病情不见任何好转，温荣书便跟徐桂林商量：“医院也没办法，那就接回家来休养吧。”她不爱说话，遇事却有主见。

温荣书认为，儿子的病因是钻发动机“挖药”时，吸入过量挥发性有毒气体所致。20年前，她的同事陈明义就因“挖药”时中毒住院了半个月。而徐立平参与的这次“挖药”，持续的时间更长，并且钻进了不通风的发动机内，环境更恶劣，所以病情是因中毒而导致的可能性很大。

徐桂林觉得奇怪，那么多人参加“挖药”，为什么其他人没事，偏偏徐立平就不行了。温荣书的回答是：“每个人对化学品的抗敏性不一样，20年前参加‘挖药’的‘敢死队’员中，也只有陈明义出现了严重的中毒反应。”

但医生无法作出这样的诊断，推进剂中含有多种化学物质，那时的医院还没有技术手段排查出这些有毒物质，更没法验明徐立平丧失行走能力与中毒有关，病因不明的状况下只能采取保守治疗方案，相当于在医院休养。

温荣书觉得，在医院休养，单位每天要安排两名职工照顾，还要报销那么多医疗费，作为一名老职工，她心里实在过意不去。于是决定将儿子接回家中休养，由她亲自照顾。

徐桂林将儿子接回家，看着他卧床不起的样子，心里说不出的难受。“唉！当年分配时，再找人说说，不去搞整形，随便把你弄到哪个单位去都行啊！我是真后悔啊！”

徐立平那时的情绪极为低落，但父亲的自责难过让他心中不忍，低沉着声音劝慰父亲：“……危险的事儿总得有人干。你跟我妈都干过危险的工作，你们后悔过吗？”

儿子的反问，让能说会道的徐桂林顿时没了词儿，他也执行过高度危险的任务，并且以此为荣，成为跟同事聊天时的谈资。其实，蓝田山沟里航天四院家属院中那些左邻右舍，家家都有在危险岗位工作的人，都曾参与过最危险的任务。“咱干的就是这样的行当。”这是航天四院职工们挂在嘴边的一句话。

温荣书理解儿子的心情，说：“我们工作的时候，都

徐立平（左五）在北京参加演讲比赛

是争着去干危险的工作，就是觉得能为国家作奉献是最光荣的事。我想，他们年轻人肯定和我们当年是一样的。”但是，看着自己的孩子在工作中遭遇意外，甚至后半生都可能被病痛折磨，她心里实在难过，也不甘坐视这样的现实。她决定，用自己的康复计划帮助儿子重新站起来，生龙活虎地过好今后的日子。

徐立平被接回家时，梁远珍也跟到家里来照顾，这个姑娘对儿子的尽心，温荣书全都看在眼里，“照顾得太好了，连袜子都是她帮着穿”。温荣书打心底里喜欢这个姑娘，可这样的照顾只能让徐立平更依赖于别人的帮助，作为长者，她必须考虑长远。更何况，如果儿子不能重新站起来，必然会拖累这个好姑娘。

温荣书便硬起心肠，对梁远珍说：“你的学业不能再耽误了，我来管他，你回去继续上学。”说完便将姑娘连劝带推地送出了家门。

劝走梁远珍，温荣书便开始实施自己为儿子制订的康复计划：“从现在开始，你所有的事情我们都不帮，全靠你自己做。”饭菜不再端到徐立平面前，要吃饭就得自己走到餐桌旁，上厕所也不再有人搀扶，必须自己走过去。徐立平当然知道这是母亲的一片苦心，他是当事人，比任何人都着急，谁会愿意在病榻上度过余生。

已经在病床上躺了一个多月的徐立平，开始尝试自己行走。长时间没有下过床，双腿已经毫无力气，并且不受控制。他必须用手搬动双腿慢慢地下床，再用手抓住床头强忍疼痛摇摇晃晃地站稳，然后扶着桌角、墙面，一点点地缓缓挪动。每一步，他都迈得艰难，挣扎几分钟，只能挪出四五米的距离，急得满头大汗。弟弟、妹妹想上前扶他一把，被温荣书用严厉的眼神制止了。

当年徐立平还不会走路就被送回老家，蹒跚学步时母亲没能陪在他身边。如今上天仿佛给了母子俩弥补那段缺失时光的机会，21 岁的徐立平在妈妈的督促下再次学习走路，但这样的“弥补”实在令人伤感。

徐立平当然不甘心就这样瘫痪在床。21 岁的他，还有无数未曾去过的地方，还有无数未曾经历过的事情。他心中无比渴望重新站起来继续正常地生活，他想要立刻回到自己的岗位继续工作。不用父母催促，他都会忍着腿部疼痛站起来，在家中扶着家具艰难地练习行走，一次次，直至力竭……

不知是体内的毒素被逐渐排出，还是每天的行走训练重新“激活”了身体机能，经过两个多月的练习，徐立平

徐立平与妻子一起参加《我和我的父辈诗篇》的首映式

的腰腿部疼痛居然逐渐减轻，可以不需要辅助，也能自行走动了。

不过，这次原因不明的病还是给徐立平留下了后遗症，他的右腿肌肉明显萎缩，比左腿细了一圈。并且，腿疼的状况还是会时常出现。“疼得受不了的时候，就吃点芬必得（布洛芬缓释胶囊），”徐立平说，“后来我又去西安市里的医院检查过，还是查不出原因。有大夫说是梨状肌综合征，但也不能确诊，我也就不去检查了。反正……这么多年也就这样了。”

第十二章 重返整形组

徐立平在家养病进行康复训练时，弟弟徐凡平从技校毕业，等待分配，他学的也是化工专业。因为眼前就有大儿子徐立平的例证，徐桂林自然不想让二儿子再跟推进剂打交道。按航天四院的分配政策，职工子女中有一个可以留在家长所在的工作单位，徐桂林便“动用”了这个名额，徐凡平被分配到了父亲所在的研究所。这个研究所负责研制火箭发动机壳体、喷管等部件使用的复合材料，不必跟推进剂打交道，安全性要高得多，这多少让徐桂林心

函授毕业合影（三排右一为徐立平）

里踏实一些。

1990 年 8 月，弟弟徐凡平报到上班后不久，徐立平也康复回到了自己的工作岗位。不过，他的岗位已经不是原来的车间，而是前段时间执行发动机内“挖药”任务的那个总装车间。

那次“挖药”后，这个车间也成立了整形组，徐立平和师父王广仁被留在那里，他师父担任了整形组组长。徐立平重返工作岗位半年后，师父因为老花眼无法继续进行整形工作，调任车间安全员，老师傅王安民接任了组长。徐立平在此时被任命为副组长，配合王师傅的工作。

王安民也是几个月前钻进发动机“挖药”的主力人员之一，他工作特别勤恳，技术很好，外号“老黄牛”。徐立平觉得王师傅的这个外号并不贴切，因为他不光干活儿肯出力，还特别心灵手巧，发明了不少专用工装和工具，也制作过很多特型整形刀具。

药面整形没有现成的制式刀具、工具，全靠操作工根据发动机的形状、大小等条件自行设计制造。

设置药面整形工序之初，生产型号较为单一，整形操作也仅是简单的平面整形。即便在那时，他们也很难找到称手的刀具，整形工们曾去西安市内各种工具店中寻找，

在厂房前班组合影（后排左二为徐立平）

甚至试用过木匠的刨刀、鞋匠的修鞋刀，都不合用。组里一位老家在上海的同志回家探亲，逛街时，偶然发现了一把平刀，刚性、锋利度都非常符合工作的需要，于是就买了一把带回来。经过试用，切削效果真是不错，但刀刃与刀柄在同一个平面上，影响操作。大家商议后决定，把刀的头部打弯，与刀柄形成一定的角度，这样一改果然好用！这把经过改制的平刀，就成为整形组第一把正式编制在册的刀具。而那位家住上海的同事也就成为义务采购员，每年回家探亲时都要买几把刀带回来。

但这种刀形只适用于当时工作中简单的平面整形，随着发动机型号的增加，药面整形型面的复杂化，整形工们便开始自制各种刀具，进行特殊型面的整形工作。

此前两年多的工作中，徐立平只是使用老师傅们以前

徐立平（中）在人社部组织的北海高技能人才疗休养座谈会上发言

制造好的刀具，跟着王安民一起工作的那段时期，学到了很多搞小发明、小创造的思路和方法，也开始尝试自行设计适合不同型号发动机整形的专用刀具、工具。王安民很喜欢徐立平在技术方面的钻劲儿，只要他来问，就知无不言、言无不尽地教他。

“王师傅相当于我的半个师父，”徐立平说，“有一些

徐立平（右）在陕西工会十四大上与窦铁成师傅合影

发明，就是王师傅提出改进思路，我再完善加工出来的。上报成果的时候，王师傅坚决不提他自己，就说是我们搞出来的，努力地把年轻人往上推。”

那段共事的经历，让徐立平受益匪浅。那段经历不仅让他对整形技术有了更深入的理解和体会，发明出许多提高生产效率的专用刀具、工具，还让他看到并学到了老一辈航天人对后来者“传帮带”的责任心，此后，当他成为“老师傅”时，也习惯性地将自己掌握的技术知无不言、言无不尽地传授给了下一代年轻人。

第十三章 亲兄弟的付出

徐立平和“半个师父”共事的时间并不长。1994 年，王安民由于年龄原因，调往检验组工作。26 岁的徐立平接任总装车间整形组组长，成为厂里最年轻的班组长。

那时，三线军工单位的调迁工作已经开始实施，几乎所有的军工单位都向大中城市周边搬迁。航天四院也获得国务院批准，从秦岭山区迁往西安东郊，这已是航天四院的第七次搬迁。

不过，徐立平他们车间却仍在山沟里工作。

建设新厂区需要大量资金，国家拨款却有限，很大一部分资金需要单位自筹。可那时，军工行业依然不景气，能筹到的资金实在有限，只能采取“有钱了建一点儿，没钱了停一停”，“建好一点儿搬迁一点儿”的办法。

徐立平所在的工厂，当时新址还在建设中，他们只能继续留守蓝田山沟，在老厂区里工作、生活。

徐立平在工作室留影

徐立平（左一）在输入整形程序

那年春节，徐立平已经和梁远珍举办了婚礼，在山沟里的职工家属区分到了一套两居室的房子。梁远珍早已从职工大学毕业，被分配到装药厂工作，为发动机壳体内生产绝热层。那也是个对身体有害的工作岗位，进行绝热层生产时，距车间几十米外就能闻到刺鼻的化工品气味，车间内的操作者必须戴着防毒面具才能操作。

“我们厂里的工作，要么是有装药的、整形的危险工种，要么就是挥发性气体对人体有害的工种，”梁远珍说这句话时，面带微笑，“外面人可能会觉得太危险了，其实我们都习惯了，再危险、再有害，也总得有人干啊。跟装药的、整形的比起来，我们这工作算是安全的。”

相比较而言，徐立平弟弟徐凡平的工作确实好一些，他在一个负责生产高强度复合纤维的车间工作。复合纤维，就是用不同的化学原料经过高温高压等特殊处理，再以抽丝工艺制成符合标准要求的纤维材料。这些纤维材料经过编织胶合塑形后，强度比钢材高几倍，重量却轻很多，可用于制造发动机壳体、喷管等部件。

徐凡平的工作，就是将各种化工原料制成纤维材料，这同样需要很高的操作技术。徐凡平跟他哥哥一样，短短几年间，就成了车间里的技术骨干。

“徐立平班组”命名授牌仪式（前排右五为徐立平）

徐桂林对两个儿子的表现颇为自豪，道：“我们家的人干技术活儿，都还不错的。”可他万万没想到，小儿子在他争取到的这个“安全”岗位上，竟然也会发生意外！

1995 年初夏的一天，徐立平正在工房工作，被一位同事叫到车间办公室接电话。

“你弟出事了，在唐都医院，你快来！”听筒那端传来父亲焦急的声音。徐立平大吃一惊，忙问出了什么事。“烫伤，正在抢救！”

从蓝田山沟倒了几趟车，徐立平马不停蹄地赶到西安东郊的唐都医院，已经过去了几个小时。弟弟已经被推出了抢救室。如果不是旁边坐着父母，徐立平根本认不出病床上的那个人是他弟弟。“整个头肿得……”徐立平讲述时，努力地想找到一个恰当的形容词，但他实在找不出能够形容出当时状况，还能优雅些的词语，“……说得不好听一点儿，就像猪头那么大……真是那么大。弟弟脸上全是黑的，根本看不出是谁！”

后来徐立平听母亲说，弟弟被推进抢救室的时候，医生曾告知温荣书：“烧伤情况很严重，你们要有思想准备。前几天有一个烧伤面积百分之三十的，没抢救过来，他这都百分之六七十了……”

徐立平从弟弟同事的讲述中才知道，那天徐凡平与几位同事正对生产复合纤维的压力容器进行调试，容器中的高温化工品突然四处喷溅，现场人员都被烫伤。而他弟弟徐凡平伤势最重。

徐凡平是厂里有名的帅小伙，被严重烧伤，必然会被毁容，但那时，一家人都顾不上考虑这层问题，能否保住他的性命才是当务之急。因为抢救治疗之后，还有几天的危险期，所以很多严重烧伤患者都很难挺过这段时间。

徐立平说，他跟母亲轮班守在弟弟身边，因为他在晚上陪护，所以记忆里那段日子全是黑蒙蒙的。病区里痛苦的呻吟声和绝望的叫喊声从未间断，那些声音，有他弟弟的，也有病房中其他烧伤患者的。

看着病床上肿胀变形的弟弟在痛苦中煎熬挣扎，徐立平心疼得不行，他给弟弟讲自己瘫痪在床时的心态，告诉他必须挺过这段艰难的时期。徐立平当然知道，自己曾经历的痛苦跟弟弟正经受的痛苦根本没有可比性，但他必须混淆轻重，用好的结果给弟弟鼓劲儿打气。眼见着弟弟挣扎在生死线上，自己却无能为力，徐立平只能趁弟弟昏睡时，偷偷地抹一把眼泪。

徐立平（前排右三）与班组成员的合影

那段时间，母亲温荣书却没有掉过一滴眼泪。她性格温和，不善言谈，但每遇大事极有主见，出奇地静果断。“我努力控制自己，那时候孩子要是看见我哭了，就撑不住了。”多年后，温荣书说道。

几年之内，两个孩子先后在工作中遭遇重大伤病，温荣书默默地承受了这些痛苦，从未怨天尤人，更没有对

徐立平在第七届全国道德模范颁奖现场

单位提过任何非分的要求。她心里有一条最朴素也是最坚定的认识，“他们是为工作、为国家的事情受伤。我们干这行的时候，都有为国家牺牲的思想准备……没有国哪有家？”

对于航天人而言，“献了青春献终身，献了终身献子孙”，并不只是一句表达情怀的口号，而是他们亲历的真实而悲壮的现实生活。

航天四院下属的那些大大小小的单位里，面部、身体被烧伤的职工还有不少。他们都是曾在工作中遭遇意外事故，经受过极大痛苦的普通职工。而他们依然是幸运的，在数十年的固体火箭发动机研制工作中，为航天事业壮烈牺牲的烈士也有数十人。

因为特殊的工作性质，他们所有的付出与牺牲都不能为外界所知。固体火箭发动机技术是世界级的尖端科技，参与这项工作的人必须“隐居”偏远之处，隐姓埋名。时至今日，不会有人知道牺牲者与奉献者的名字，更不知道他们曾为中国航天事业和国防安全作出了怎样的奉献，付出过多大的牺牲。这是一群功勋卓著的“国家隐士”，是真正的国家脊梁。

第十四章 『世纪大阅兵』上的自豪

1999年10月1日，中华人民共和国50周年华诞。

西安洪庆山下，航天四院的家属区内空空荡荡不见人影，几乎所有的职工、家属们都守在家中，双眼紧盯着电视屏幕。

那天，千里之外的天安门广场正在举行盛大的阅兵式。在这场被称为“世纪大阅兵”的盛典上，最后的方阵中，一款新型装备引起了世界的关注。

那些产品上，就装备着航天四院研制的固体发动机。

虽然只能在电视屏幕上观看阅兵，虽然只能看见几个一晃而过的镜头，虽然没有人知道他们的存在，但那依然是他们最骄傲、最自豪的时刻。

这些产品的背后，其实反映了航天工作、发动机制造的典型特点——设计、生产、检测、试验，数十个环节、上千道工序，航天四院各研究所、生产厂、试验站的每一位职工都参与其中，每一个岗位都不可或缺。

徐立平夫妻二人，都是众多“不可或缺”中的一分子。那“不可或缺”中，当然包括徐立平的弟弟徐凡平，产品壳体和喷管上应用的复合纤维材料，就是他与工友们生产出来的。

几年前，被严重烧伤的徐凡平奇迹般地熬过了危险期，并在以超强的毅力挺过了漫长的康复期后，重新回到生产一线，继续从事本职工作。

导致徐凡平受伤的那次任务以及伤愈后的工作任务，都与某款重点型号相关。徐凡平为这项任务的成功，付出了高昂的代价。经过多次痛苦的皮肤移植手术，他烧伤的面部和身体得到了修复，但从前那英俊的相貌已经难以恢复，并且，移植的皮肤没有汗腺，每到夏季都极为痛苦难熬，这是他此后半生都将面对的状况。

徐立平（右）与工友讨论工装结构

作为车间里的技术骨干，徐凡平参与并出色地完成了各项重大任务，也因此被评为国家高级技师。无论是个人技术，还是为国奉献，徐凡平一点儿不比他哥哥差。

就连徐立平当时还在上小学的儿子，也间接地为航天事业作出过“贡献”。有一天，徐立平看见儿子用手摇削皮机削苹果，忽然想到是否能用这样的原理设计出一种整形刀，专用于一款小型发动机的整形。没多久，他便设计出了一套手摇式半自动整形刀，投入应用后，工作效率和安全性都获得了极大提高，成为那款发动机的整形专用刀。7416 厂将这款半自动整形刀以徐立平的名字命名为“立平刀”。

徐立平当然知道，发动机是由数以万计的同事们共同努力才取得的成功。但见到“撒手锏”隆隆驶过天安门广场，他实在难以抑制心中的兴奋，因为没有多少人曾像他那样与这款发动机有着“最深入的亲密接触”。

这款发动机从 1986 年正式立项研制，到 1999 年取得成功，航天四院人说这是“十三年磨一剑”，而徐立平就参与了 10 年的“磨剑”历程。1989 年，他钻进发动机壳体内“挖药”，并因此中毒卧床几个月，就是为了解决这款发动机研制中遇到的问题。

那次“挖药”后，研制工作向更高的层面推进，直到“世纪大阅兵”前几个月才取得成功。10年之间，研制工作频繁遇到各种疑难问题，又进行过多次类似的“挖药”行动，徐立平都作为主要成员参与其中。“那些状况必须从发动机内部‘挖药’取样查找原因，我们组那时的任务就不单是整形修整，所有的缺陷取样都是由我们来完成。”

那时老师傅们都已调离，身为整形组组长的徐立平已是经验最丰富的“老师傅”，要和当年他的师父一样，第一个钻进去划线操作。“那时候，我基本感觉不到紧张了，要是带头的人都紧张，这个活儿就没法干下去了。”事实上，后来这些“挖药”取样，比他第一次“挖药”时的难度更高。

徐立平曾趴在发动机内，在壳体和推进剂之间的绝热层上打孔取样，取样部位距金属壳体仅5毫米，全靠手感控制，稍有不慎钻到壳体，摩擦产生的小火星就会让推进剂瞬间化作狂暴的烈焰。他进行细致测量和试验，确定打孔部位及钻头安全转速，一次打孔即准确取出预定样块，顺利地找到了病灶。

徐立平还曾将整块推进剂挖出来，以便设计人员进行缺陷分析。还有一次，他是从发动机外部将壳体打掉，以便设计人员检查分析缺陷的成因……这都是此前从来没人干过的危险操作。所幸，此后的多次“挖药”，徐立平再没有出现过第一次那样的过敏反应。他也感到奇怪，觉得是不是体内有了抗体，产生了适应性。

每次“挖药”后，对缺陷部位重新灌浆修补的工作依

徐立平（中）在与班组人员讨论设备改进

然由徐立平所在的班组操作。由于使用传统灌浆技术修补，浆料中会有气泡，固化后会形成气孔缺陷。徐立平总结经验，研发出新的灌浆技术手段，解决了这一技术难题，保证了挖药及灌浆修补一次成功。

因为与这款发动机有着如此“亲密”的接触，看到它展示在公众面前，徐立平的自豪和兴奋自然难以抑制。

徐立平（左二）与班组人员进入工作现场

妻子梁远珍戏谑地抢白徐立平，并非不理解他，事实上，她是最能理解他心情的人。说起丈夫的工作，梁远珍会情不自禁地掉眼泪：“我都不敢去想……我怕影响他，很少跟他吵架，家里面的事情，我都很少让他操心，我就怕……”她的担心绝非多余，跟“火老虎”打交道，意外随时可能发生。

2001年，徐立平所在工房的一位同事，对一台小型发动机进行机械整形时，推进剂剧烈爆燃发生事故。时至今日，也没人确切地知道，那次爆燃的原因是什么，因为那位同事甚至没来得及作出任何反应，就被无情的烈焰夺走了生命。

徐立平他们推测，可能是操作失误，整形刀碰到壳体产生了静电所致。他们从事的这项工作，真是不能有一丁点儿疏忽。

第十五章

新『一把刀』的新征程

2006年，徐立平从蓝田县秦岭山里搬迁到了西安市东郊。他所在的工厂，与航天四院所属的几家兄弟研究所和工厂比邻而建。这些被围墙分隔成独立院落，却又连成一片的建筑群，组成了中国规模最大、历史最久、水平最高、实力最强的固体火箭发动机研制、生产基地。

厂房都建在山坡上……更确切地说，应该是建在山坡“下”。因为那里边的几十座建筑物。都“陷”在山坡上开挖的一个个巨大的长方形“深坑”里，连房顶都露不出来。每座建筑都相距几十米，中间隔着没有开挖的山体。一条战壕般的“U”形道路将这些建筑物连接起来，开车绕行一次需要十几分钟。

那些像西安城墙一样厚，没有开挖的山体，是经过严格论证和计算保留下来的防护结构，被称为防爆墙。如果发生意外事故，这些防爆墙可以有效地减少爆炸冲击波对周边建筑物和人员的损伤。

徐立平所在的整形工房，就是“陷”在山坡下那些建筑里的其中一座。因为分工需要，几个车间的整形组已经分分合合地重组了几次，此时已经全部集中到了装药车间，唯一不变的是，整形组组长依然由徐立平担任。

在徐立平的记忆中，他们的工作任务是从 2000 年开始逐渐多了起来。经过 20 多年的改革开放，国家经济实力迅速提升，对科技领域的投入也逐年增长，尤其是航天领域获得了前所未有的资金投入，各种研制项目纷纷确立。中国航天终于走出了长达 30 年的低谷寒冬，迎来春暖花开的高速发展期。

时代的改变，带来技术的革新，药面整形技术也有了新的变化。

徐立平（前排左二）在与班组人员进行讨论

徐立平刚进厂时，手工整形是唯一的整形技术。他担任整形组组长时，虽然手工操作仍是主要手段，但车间里已经尝试将普通机床进行适当的改造，对中小型发动机进行机械化整形。

那时的徐立平已经继承了当年他师父“一把刀”的绰号。除了常规型号的研制、生产任务他必须参与，新型发动机研制生产时，上级也点名必须由他进行首件产品操作，他的操作步骤便是此后执行的定型工艺。“神舟”飞船逃逸发动机这种重大项目，他更被指定为药面整形的唯一操作者。

新技术的浪潮也在此时汹涌而来。

1998年，航天四院开始研制第一台由电脑数字程序控制，可实现人机分离、远程操作，可将整形尺寸精度保持在0.01毫米之内的全自动整形机床。而徐立平也在那时入选课题组，成为这台新设备的研制成员之一。

在这台由电脑控制的机器面前，徐立平工作十几年积累的手工整形和机械整形经验都没有了借鉴意义，并且“一把刀”的称号也岌岌可危。面对即将到来的整形技术飞跃式升级，“老师傅”转眼之间又成了“学徒工”，必须再一次开始磨砺自己的“刀锋”。

但徐立平很兴奋：“其实，我最大的愿望，就是自动化操作能够完全取代手工操作！这样安全性、精度和效率都将大幅提高，多好啊！我们航天技术工人，不是民间传统手工匠人，不搞传统技艺保留和传承。我们追求的是高可靠性和高效率，追求的是更快、更好、更精确地完成工作，设备越先进越好啊。所以，现在要当一名合格的工人，不光要有很好的手工操作技术，更要紧跟时代发展，不断地钻研学习，掌握最先进的技术。现在技术发展太快了，必须活到老学到老。”

事实上，对于电脑编程和操作，徐立平并不陌生。

虽然在2000年以前的工厂里，电脑还属于高端设备，只有极重要的设计室、计算室、试验室才会配备。绝大多数的生产一线工人根本没有机会上手，甚至连键盘输入的基本方法都不会，更别说那些天书一样的编程语言。但徐立平早在1990年，于陕西机械学院进修机电一体化专业时，学习过基础编程的Basic语言，且考试取得满分成绩。而他很早就购买了家用电脑，学习用电脑制图、编写文档。也正是因为拥有这些基础，他才被选入课题组，参与新设备的研制工作。

不过，学过基础编程课程与实际应用编程还是有着相当大的差异的，那是一次不同以往的“学徒”经历。徐立平必须向设备厂方的技术人员学习这台设备的编程语言，同时，还要配合技术人员编写出整形操作程序，因为发动机整形时的步骤、要点，没人比他更清楚，厂方的技术人员必须听取他的意见。

这台数控设备的投入使用，让某型号发动机的整形效率提高了数倍，而徐立平也在此过程掌握了全新的整形技

徐立平（左二）在工作室对班组新员工进行培训

术，并在这条道路上不断探索。

2005 年，航天四院又与相关厂家联合研制了一台大型数控整形机床，这台用于 7416 厂某大型发动机内孔复杂型面的整形设备，是当时国内最大的立式整形机。

徐立平再次被调入课题组，参加设备的安装调试工作。他结合多年工作经验，提出改装吸屑装置、加装连锁装置

徐立平（右一）在工作现场与徒弟进行讨论

等20余项改造建议，完善了设备安全保障系统。这款数控整形机最终顺利通过集团公司的技术鉴定，当时，中国航天内部刊物曾报道此事：“该设备的成功应用，填补了国内技术空白。”

最先进的“全自动”数控设备，也必须事先由操作人设定输入工作代码程序，才能执行操作。徐立平完成设备安装调试后，又接到命令——必须学会操作它。虽然他几年前已经掌握了数控设备的操作技术，但不同厂家、不同型号设备的操作系统完全不同，编程方式也不一样，面对一台全新的数控设备，一切都需要重新学习。

这台当时国内最大的立式整形机，厂家只提供了操作系统的操作步骤说明，编程语言中各个代码的示意，以及几种常见的简单型面工作程序。而徐立平他们则要用此设备，进行复杂组合型面的整形工作。这只能靠他们在熟悉、理解操作系统的基础上，自己摸索才能解决。

徐立平和同事们经过几个月的摸索，便熟练地掌握了设备操作技术。对某大型发动机的整形，便由此实现了人机分离的远程自动化操作，在安全性全面提升的同时，加工周期也缩短为原来的三分之一。

在随后的工作中，徐立平和同事们又逐步摸索出适用于不同发动机、不同燃速推进剂的整形参数，并针对一些特殊型面设计出专用的整形刀具。在新技术这块“磨刀石”上，徐立平成功地磨出了自己的“锋刃”。

已经成为“老师傅”的徐立平，当然少不了要带徒弟。和当年他师父一样，每逢新人来到，徐立平带他们做的第一件事情就是去销毁药渣。“这成了我们安全教育的传统，看过之后就知道要时刻小心了。”他还会对徒弟们讲述那个在操作中牺牲的同事，就在这个工房中发生的事情会更加让年轻人引以为戒。

虽然已经应用了自动化整形、机械化整形，但某些特殊型面的发动机，手工整形依然是不可替代的技术，也是年轻一代必须掌握的技术。在徒弟的眼中，徐立平就是行业“大神”的化身，“需要切掉 0.2 毫米，他一刀过去，就能切到 0.2 毫米。需要切掉 0.5 毫米，一刀就能切到 0.5 毫米。检查修整面的平面度，他用手一摸，就知道哪边高多少。简直就是登峰造极，炉火纯青”。

带徒弟时，徐立平没有丝毫保留，他把自己多年的工作经验和掌握的技术倾囊相授。传统师徒关系中那句“教会徒弟，饿死师父”的古训，在这里并不成立。不仅对自

徐立平（左三）在教徒弟练技能

己的徒弟如此，对于组内的其他年轻组员，也同样如此。这不仅是为了让徒弟和新员工们迅速成长，更是为航天事业今后的发展负责。

在徐立平的班组中，已经先后培养出30多名整形骨干。他带过的7名徒弟中，有1人被评为绝技绝招人才，4人被评为国家级技师。他担任组长的整形组连续多年获得航天四院“金牌班组”、集团公司及陕西国防科工委“安全生产示范岗”、陕西省“工人先锋号”等荣誉称号。

而徐立平本人也凭借着不断钻研的精神和高超的技术能力，先后被评为国家高级技师、航天特级技师，多次获得省部级、国家级“技术能手”称号，并夺得技术工人技能水平的最高荣誉——“中华技能大奖”。

因为出色地完成了本职工作，对国家航天事业和国防建设作出巨大贡献，徐立平曾被授予“全国五一劳动奖章”，并被评为航天固体动力事业50年“十大感动人物”。

对于自己的工作，徐立平不能多讲，因为牵扯到许多不能向外界透露的保密信息。我们只能通过他“工作至今，磨秃了30多把整形刀，发明20多种专用工具，其中2项成果获得国家专利”这类数据信息，想象他的工作，那里一定有很多精彩的故事。

徐立平是一位冠绝于群的“超级”工匠，获得过众多的高规格荣誉称号，但这样的知名度也仅限于航天四院内部范围。因为工作的特殊性，航天四院是中国保密级别最高的单位之一，这里的科技人员和技术工人都必须隐姓埋名地默默工作。几十年间，外界根本不知道有这样一个机构、这样一群人的存在。

徐立平并不在意这些，他和所有的同事一样，习惯了默默无闻，习惯了埋头做好自己的工作，习惯了不与外界接触的生活。

但很快，他的生活便被彻底地改变了。他根本没想到，自己会成为中国航天界最知名的公众人物。

第十六章 一朝成名天下知

随着中国航天事业的迅速发展，不断取得丰硕成果，航天科技成为中国“自主创新”“攀登世界科技高峰”的一个明星式行业。载人航天、探月工程、天宫空间站的外太空探索，“九三”阅兵式上、朱日和训练场上，导弹方队的威武雄壮，让国人振奋，引世界瞩目。从事航天工作的科技人员和技术工人这一特殊群体，也由此引起人们的关注，他们颇具神秘感的工作和生活状态，都让大众极感兴趣。徐立平便在这样的大背景下，走入了公众视野。

2015年10月1日国庆节，中央电视台推出《大国工匠》系列专题片，第一集《大勇不惧》便是讲述徐立平的故事。电视画面中，身穿航天蓝工作服的徐立平专注“铲药”的场景，震撼了所有观众。

这部收视率极高的专题片播出后，徐立平便开始为公众所认识、熟知。那是他第一次在国家级平台上高调亮相，也让数十年高度保密的特殊工种——“固体发动机端面整形工”，被世人知晓。

定居西安的著名书法家钟明善，也是在看了那部专题片后才知道，自己所居住的城市里竟有这样的一批“国家隐士”。他欣然手书一幅“大国工匠”的条幅，托人辗转赠送给徐立平。

徐立平听说过钟明善的大名，也听说这位曾担任中国书法家协会副主席的书法家，其作品的市场价格极高。他并没有将这幅墨宝拿回家中收藏，而是在精心装裱后，挂在了工房准备间的墙面上。“‘大国工匠’不是我个人的称号，而是我们集体的，是我们航天四院所有一线工人的称号。”徐立平说。

《大国工匠》系列专题片播出后不久，航天四院政工部接到一份通知，要求他们推选一位事迹感人的优秀职工，

徐立平（左）在 2015“感动中国”录制现场

参加中央电视台“感动中国2015年度人物”的评选。

“收到这个通知挺意外，”时任政工部部长王玫说，“以前，我们这儿根本不去奢望参加这类向全社会公开的评选活动。”

航天四院从成立之初到现在，一直都是高等级保密单位，按照规定，内部的所有人员和事情，特别是与产品型号相关的，一律不对外界宣扬。但通知是国家相关部委和航天科技集团公司联合发来的，应该是可以参加了，可是王玫他们依然感到为难。

“我们这儿，高水平的科技人员、技术工匠太多了，每个人都为中国的航天事业作出过重大贡献。即便是最普通的职工，也都有感人的事迹。推选谁去，真是一个难题。”王玫说出这番“苦恼”的时候，其实是带着自豪感的。

航天四院近1.2万名职工，有国际宇航科学院院士1名，中国科学院院士1名，中国工程院院士2名，拥有国家级、省部级航天专家百余名。技术工人中，全国技术能手14名，省部级的技术能手上百名。从这么多精英中挑出一个候选人，实在是件艰难的事情。

经过单位内部几轮艰难的筛选，航天四院党委最终决定推送徐立平参评。他的工作经历、工作状态、工作精神，甚至他的家庭结构，在航天四院都颇具典型意义。但同事们将徐立平的申报材料整理好之后，王玫却再度犹豫起来，“当初央视来拍《大国工匠》时，我们就担心画面中出现泄密的问题，这次推他参加‘感动中国年度人物’评选，还是担心保密的问题，心里特别没底。”

王玫将那份申报材料在抽屉里锁了几天，最后“把心一横，送上去了。然后过了很长时间，我们没有收到任何回音。我们觉得，应该是出于保密原因，上面没有批准。我们都习惯了，也就没再问这事儿”。

2016年初，颁奖典礼即将举行的前几天，王玫突然接到通知，“徐立平当选了，让他立刻去北京，参加颁奖典礼录制”。

徐立平懵懵懂懂地去了北京，懵懵懂懂地进了央视演播大厅，懵懵懂懂地录完了节目。面对镜头，他浑身不自在，表情僵硬地背完了事先准备好的获奖感言，然后懵懵懂懂地举起鲜花和奖杯。他没想过获得这一称号，在央视演播厅的这次露面，对他而言意味着什么，以及会带来怎样的变化。

徐立平（中）在“时代楷模”发布厅现场与师父、徒弟合影

2016年2月14日，中央电视台黄金时段播出“2015年度‘感动中国’人物”颁奖典礼。电视画面中，徐立平依然穿着那身航天蓝工作服，高高地举起奖杯。

这一举更让徐立平名扬全国。各级媒体纷至沓来，要求对他进行专访。徐立平的生活因此发生了巨大的改变，

徐立平（中）在“时代楷模”录制现场

经常是他正在车间里工作，就被叫出去接受采访，有时甚至一天要见两三批媒体。

从“隐藏”在山坡下的厂房里默默无闻地工作，到站在镜头前成为媒体关注的焦点，徐立平完全没有了在车间里修整推进剂的从容。每位前来采访的人都试图多“挖出”些更有意思的细节，但徐立平的回答都像是在背诵课文，并且仅限于那些已经背诵过的“课文”。于是，记者们对他的印象几乎都是“不善言谈”的刻板模样。他性格中确有不善言辞的成分，但最主要的原因是，他不能随意地说话。因为工作的特殊性，有严格的保密条例，他必须做到“不该说的不说”。

除了要接受众多媒体的采访，徐立平还必须出席上级组织以及社会团体邀请的宣讲活动，讲述他和他身边同事们亲历的故事，展现航天人国家至上、无私奉献的精神。

“我这人嘴笨，这赶鸭子上架的事儿，硬着头皮上啊。”徐立平觉得，自己根本不属于那个“曝光”在公众面前的世界，他更喜欢曾经那种不为人知的状态。他不曾想到的是，更高的荣誉、更大的名声和更多的采访接踵而至。

2017 年 3 月 30 日，中央宣传部再度发布徐立平的事迹，并授予他“时代楷模”称号。这让徐立平的心中更觉不安，在接受媒体采访时说：“我只是做好自己的本职工作，与‘时代楷模’的称号还有很大的差距。我是‘航天二代’，父辈们经历了各种艰难困苦，才一步步地走到现在，我是在耳濡目染中传承了‘航天精神’。我觉得，这个荣誉是给航天四院全体职工的。”

这番话是徐立平提前准备好的腹稿，说的时候还是有些磕巴，却是绝非客套的真心话。

时任航天四院政工部部长王玫也曾对媒体记者说：“我们四院，绝不是只有一个徐立平。”让她遗憾的是，“我们没法把每个人都选成典型，只能选出他们中最杰出的代表人。”

2019 年 9 月 26 日，一份“最美奋斗者”获选名单公布，徐立平再获殊荣，名列其中。

“最美奋斗者”称号，是为隆重庆祝新中国成立 70 周年，学习英雄事迹、弘扬奋斗精神、培育时代新人，由中央宣传部、中央组织部、中央统战部等多部委联合评选授予的。

这次进入名单、获得表彰的 278 名个人和 22 个集体中，有邱少云、黄继光、杨根思、欧阳海、雷锋、王进喜、陈景润、袁隆平、焦裕禄、张海迪等广为人们所熟知的英模人物。这是新中国成立70年来，各个时期的先进分子、各行各业的杰出代表。他们忠诚于党、报效祖国，扎根基层、奉献人民，在各自岗位上作出了非凡业绩，赢得了人民的广泛赞誉。

徐立平根本没想过自己能够入选其列。

“几个月前，陕西省的相关部门把参选名单报上去了。不是提前两三个月开始在全国搞网络投票嘛，各种报道就

徐立平在演讲

徐立平（左一）在第十二届航空航天月桂奖颁奖现场

比较多了，那时我看到候选名单才知道，我是候选人之一。”徐立平说。

“我当初觉得，我应该评不上的。候选名单里，新中国成立以来，那么多的英模人物，雷锋啊，王进喜啊……这些人都是咱们从小学习的榜样人物啊！我怎么想，也觉得自己达不到他们那样的高度，我就是一个普通工人，怎么可能跟他们同框？

“我真没想到，后来把我给评上了。这是全国从新中国成立以来到现在的300名个人和集体，这个荣誉很重，担不起、担不起，真的是觉得担不起啊！心里觉得诚惶诚恐。”

此时回头再看，徐立平的当选应该是一种必然结果。因为“最美奋斗者”的标准，是本着大力弘扬“幸福源自奋斗、成功在于奉献、平凡造就伟大”的价值理念，评选出那些“高举爱国主义伟大旗帜，培养爱国之情、砥砺强国之志、实践报国之行，始终做爱国主义精神的坚定践行者”。

徐立平，一个普通工人，怀着国家至上的信念，数十年默默奉献，在平凡中创造了伟大。这样的人，正是这样符合“最美奋斗者”标准的践行者。

“确实要感谢我们各级组织的培养……这是由衷的啊，不是客套话！我一直觉得自己就是个普通人，没干什么了不得的事情，居然得到了这么高的荣誉……表彰会在人民大会堂举行的嘛，特别隆重，我去参加的时候，都觉得像是在做梦。我觉得获得这样的称号，压力还是蛮大的，得更加严格地要求自己，更得向我们从小学习的榜样们看齐了。”

徐立平在“最美奋斗者”颁奖典礼现场

第十七章 『大国工匠』的平凡之心

“这几年，我的工作、生活都是老样子，没什么变化，父母的身体状况也挺好……噢，唯一的变化是，媳妇今年退休了。”2020 年初夏的那个雨夜，徐立平说到自己的家庭时，语气里透着温暖。

梁远珍也是国家级技师，但年满 50 岁，已到了女工退休的法定年龄。“小时候觉得 50 岁可老了，不知不觉自己就 50 岁了，其实没觉得自己老呢，就退休了。”梁远珍说。

办理退休手续时，因为疫情原因，单位里传统的退休人员欢送会都没进行，她觉得这是自己职业生涯中一个小小的缺憾。对于离开工作岗位，梁远珍心中有着太多的不舍，虽然那个负责给发动机壳体内生产绝热层的工作是有毒、有害的岗位。

“她退了对我有好处，下班就能吃现成饭了嘛。”徐立平笑着说。梁远珍却不高兴地白了他一眼。

徐立平也已经50多岁，依然在整形组担任组长。“男工退休年龄是60岁，我还早呢。不是说要延迟退休年龄嘛，估计还得再多干几年。”

车间里，50多岁还在一线工作的已不多见，尤其是对视力要求特别高的药面整形岗位。当年，他的两任组长也就是他的两位师父，都是在40多岁时因为老花眼调离了一线。

“我现在干一些精细活儿，也得戴老花镜了。哎呀，自己觉得还挺年轻的，在别人眼里，你戴个老花镜，已经成小老头了。”从1987年进厂到2024年，不知不觉中，徐立平已经在整形工岗位上工作了近40年。此前，他根本没有想过自己年龄的问题，直到爱人梁远珍办理退休手续，他才猛然意识到，这一代人已经开始逐渐步入老龄。

徐立平（右一）在世园会与家人合影

即便如此，徐立平也没想过退出生产一线，换到二线辅助岗或者管理岗位。原因有二。

其一，“现在活儿太多了，退不下来。我们这个行当是‘一个萝卜一个坑’，两个人配合干活儿，其实也属于单兵作战，一个操作一个辅助。要是少一个人干活儿，其他人的任务量就得增加，就赶不上工期要求了，所以啊，我还得干。”

其二，“我觉得自己不能退。不是说现在的年轻人不能干，实际上年轻一代已经起来了，都能独当一面。主要是我还是想在本职岗位上好好地做一些事情，发挥自己的作用吧。我觉得我的价值，就在这个岗位上。”

徐立平手持整形刀为发动机修整端面的技能已经广为人知，时至今日，中国制造业已经向智能化操作大踏步迈进，他和同事们的修整工作方式也发生了巨大变化。

“我们现在的任务很多，很忙，发动机生产任务年年增长，型号也越来越多。现在我们整形组一个星期完成的工作量，就相当于我刚上班时一年的任务量。但实际上，还真不像我年轻的时候干得那么累……技术方面的具体情况……这样讲吧，现在的整形技术已经跟当年完全不同了，手工操作的比例很少了。现在任务这么多，但是我们依旧能够按时交付，就是依赖于我们的技术创新、技术进步。

“这么大的工作量，有时肯定会觉得累，但每次看到‘神州’飞船上天、嫦娥探测器奔月，装备走过阅兵场，心里那种自豪感……真是任何事情都换不来的，那时候就觉得自己的这些累和付出的一切，都值得！

“还有啊，以前那种钻到发动机里边，人工‘挖药’

徐立平（左）与巡讲团成员合影

徐立平在国庆阅兵现场

排除缺陷的方法，现在几乎用不到了。这些年科技发展更新的速度特别快，技术上已经有了很大的提升，效果非常明显。”

至于在这个岗位上还能干多久，徐立平没想过。“……60岁以后，一线工作肯定是干不动了，那就看情况再说了……我觉得，随着科技进步，肯定还会出现新的整形工艺方法。只要我还在这个岗位，就得跟上这个节奏，活到老学到老嘛……”

这几年接连获得“大国工匠”“时代楷模”“最美奋斗者”等称号，徐立平声名鹊起，成为航天界最具知名度的人物。2016年获得“大国工匠年度人物”称号之后，徐立平就经常被各地邀请进行个人事迹和航天精神的宣讲活动。此外，他还逐渐承担了多项社会职务，如当选了全国人大代表，还成为陕西省总工会的兼职副主席，同时也担任着陕西省国防工业工会的兼职副主席。

有人跟徐立平开玩笑：“你这都是副省级干部了。”

徐立平马上正色纠正道：“哎！不不，那可不一样啊！就是兼任的社会职务，不是干部，没有任何级别。”

每年两会召开之际，徐立平都要认真地准备参会议案，履行全国人大代表的职责。陕西省总工会那边也有很多会议和研讨会，还有给一线工人“送清凉”“送温暖”等活动，他都必须参加。当然，还有各种规模不同的先进事迹宣讲报告会。

徐立平说，社会活动确实占用了他很多工作时间。

几年前，徐立平刚为众人所知的时候，就被众多活动困扰，那时他就说要回归，却身不由己。“有些活动我都尽量推掉了，但是不能推的活动还是不少，毕竟还是需要宣扬一下我们的航天精神嘛。”如今，更高的荣誉称号接踵而至，更多的活动邀请也纷至沓来，他要减少参加活动的频次，似乎更不容易。

其实徐立平也很清楚，如今，自己的个人形象已经代表着整个行业的群体形象。让更多的人了解航天事业、了解航天人的工作状态，宣讲“无私奉献、严谨务实、勇于攀登”的航天精神，已经成为他肩负的另一项重要职责。

徐立平也更清楚地知道，航天技术是一系列高级复杂的施工作业程序的总和，每个环节都需要极高专业水准的团队协作完成，团队中每个成员都有着近乎相同的工作状态、生活状态、精神面貌、敬业精神。于是，在做宣讲活动的时候，他刻意地将自己模糊处理，“更多地讲航天工作者，讲航天人的精神，讲这个群体是怎么奋力拼搏的……我是真的很惭愧，把我给推出来了，其实，我一直认为，这些荣誉真的是属于全体航天四院人的！”

接受过无数次采访，经历过数百次讲座、报告会，如今的徐立平，在面对媒体和众多听众时，语气、语调已经非常流畅自然了，但他依然说不出什么豪言壮语，也从没

徐立平在某中学宣讲后回答学生提问

徐立平受邀参加建党百年庆祝活动

说出过金句、名言。

徐立平说，自己就是个平凡的普通人，当年父母为他取名“立平”，为弟弟取名“凡平”，就是寓意兄弟俩做平凡的人。他这样的平凡人，也不过是做了些普通的事，那些在别人看来惊心动魄的时刻，在他眼里也只是从事过无数次的日常工作而已，讲述这些过往时，也就平淡得像是拉家常。不过，言语之间，他心中的那份自豪和崇高感会自然地流露出来，因为他参与制造的产品都是国家重点型号项目，都是镇国安邦的国之重器。

事实上，所有伟大的人物都是平凡人，不做作，也不虚饰，说着平平常常的话，做着惊天动地的事。

徐立平的背后，那些工作在航天四院以及其他研究院的同事、同行们，那些永远不为外界所知，坚守在平凡的岗位，默默地为国家、为航天事业奉献一生心血和智慧的科技工作者和技术工人们，都是这样平凡而又伟大的奋斗者。

那些数以十万计的无名英雄，终其一生都不会像徐立平那样，拥有面对媒体、观众的机会，能够向外界讲述自己的担当、自己的坚持。但他们用自己的行动，自己的工作，自己的付出，践行着国家至上、无私奉献、追求卓越

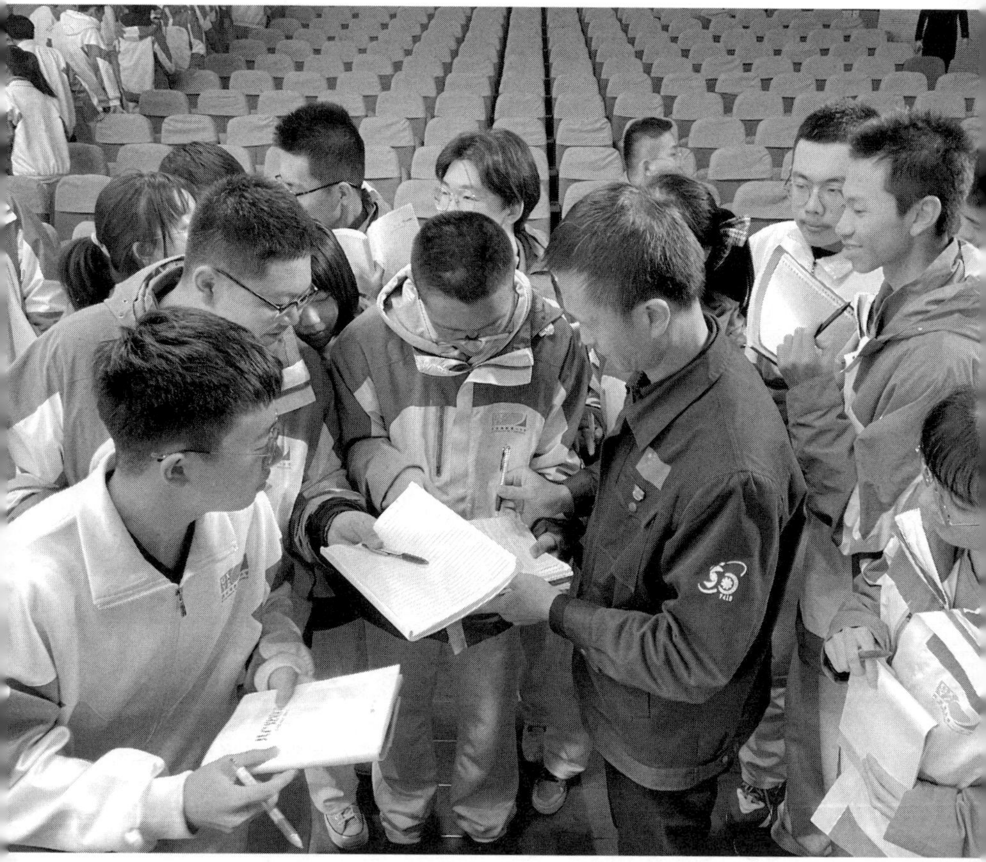

徐立平（中）在某中学宣讲后给学生签名

的信念。

他们和徐立平一样，在不为人知的角落，将自己磨砺成了“刀锋”，铲除研制过程中一个个艰难困阻，让中国的航天技术进入高速发展的通途。

后　记

采访徐立平，是我经历过的采访中最轻松的一次。与他交谈时，我没有任何的陌生感，甚至从他身上能看到我的同学和朋友的影子。

我和他一样，都是从小生活在航天大院里的“航天二代”，虽然两个大院曾相隔千里，从事的研制工作也不相同，但管理模式、思维模式、文化背景、生活方式都一模一样，甚至连大院里的办公楼、家属楼都是用同一张图纸盖起来的。

徐立平那个年龄段的“航天二代”，有着时代的特殊性，并且，那时的“航天二代”也没有令人羡慕的“好资源”，甚至还是被人看不上的行业。

徐立平参加工作的时候，包括航天业在内的所有国防军工行业，正值低谷期。重大研制项目纷纷“下马”，科研经费大幅缩减，各单位必须开发民用产品以便“自己挣钱养活自己”。可这些军工单位大都位于偏僻的“三线”山区，对市场需求一无所知，难以开发民用商品。没有经营收入，工资发放都成问题。

那时，消息灵通的城里人，给孩子填报高考志愿时，都选金融、计算机、国际贸易，绝对不会选任何与军工科技相关的专业。填报军工类专业的孩子，基本都是资讯不发达的农村地区考生和军工单位的后代。于是，那些年被分配到各军工科研生产单位的大学毕业生，几乎都是这两个群体的子弟。

在那个没人愿意钻山沟的特殊时期，是这些“航天二代”和农家子弟投身其中，支撑着中国航天等各门类国防军工行业，在艰难的境遇中继续向前发展。对隐藏于深山中的单位，这些“航天二代”有着极高的忠诚度，因为这里就是他们的家，名副其实的“以厂为家”。

徐立平的经历，其实是那一代所有航天人，乃至所有国防军工人的共同经历。他们对精益求精的追求、为国奉献的精神也同样并无二致。他们的经历和追求，造就出了新时代的工匠精神。

周恩来专门对国防科研工作提出了“严肃认真、周到细致、稳妥可靠、万无一失”的十六字方针，并被严格遵照执行。即便是军工科技行业低谷时期，这一工作作风都不曾松懈。徐立平便是在那时从父辈、师父的言传身教中继承了精益求精的工匠精神，此后又传给自己的徒弟们。

正是几代军工科技工作者将严谨细致的行为习惯蚀刻进自己的潜意识，才造就了如今中国航天事业以及其他各个科技行业的迅猛发展。

这些成就的背后，是无数科研工作者，无数像徐立平一样的技术工人，数十年如一日的奋斗。他们以“国家至上、争创一流”“一定要赶上和超过世界先进水平”为人生目标，苦干惊天动地事，甘做隐姓埋名人。他们用自己的智慧、汗水，甚至以生命为代价，不断推动着国家科技水平的高速发展。这些为国奉献者不为人们所知，他们却并不在意。在他们看来，自己就是平凡的人，如同徐立平父亲为他们兄弟所取的名字一样。

2024 年 12 月

图书在版编目（CIP）数据

徐立平：砺刀锋问苍穹的火药雕刻师 / 赵韦著. 北京：中国工人出版社，2025. 4. -- ISBN 978-7-5008-8718-8

Ⅰ. I25

中国国家版本馆CIP数据核字第202523ER51号

徐立平：砺刀锋问苍穹的火药雕刻师

出 版 人 董 宽
责任编辑 刘广涛
责任校对 张 彦
责任印制 黄 丽
出版发行 中国工人出版社
地　　址 北京市东城区鼓楼外大街45号　邮编：100120
网　　址 http://www.wp-china.com
电　　话 （010）62005043（总编室）
（010）62005039（印制管理中心）
（010）62379038（社科文艺分社）
发行热线 （010）82029051　62383056
经　　销 各地书店
印　　刷 三河市万龙印装有限公司
开　　本 880毫米×1230毫米　1/32
印　　张 5.5
字　　数 93千字
版　　次 2025年6月第1版　2025年6月第1次印刷
定　　价 49.00元
